FOLIO POLICIER

Thierry Jonquet

Mygale

Nouvelle édition
révisée par l'auteur

Gallimard

Première partie

L'ARAIGNÉE

I

Richard Lafargue arpentait d'un pas lent l'allée tapissée de gravier qui menait au mini-étang enchâssé dans le bosquet bordant le mur d'enceinte de la villa. La nuit était claire, une soirée de juillet, le ciel parsemé d'une pluie de scintillements laiteux.

Embusqué derrière un bosquet de nénuphars, le couple de cygnes dormait d'un sommeil serein, le cou replié sous l'aile, la femelle, gracile, douillettement blottie contre le corps plus imposant du mâle.

Lafargue cueillit une rose, huma un instant cette odeur douceâtre, presque écœurante, avant de revenir sur ses pas. Au-delà de l'allée bordée de tilleuls, la maison se dressait, masse compacte et sans grâce, trapue. Au rez-de-chaussée, l'office, où Line — la femme de chambre — devait prendre son repas. Un jet plus clair vers la droite, et un ronronnement feutré : le garage où Roger — le chauffeur — était occupé à faire tourner le moteur de la Mercedes. Le grand salon enfin, dont les rideaux sombres ne laissaient filtrer que de minces rais de lumière.

Lafargue leva les yeux vers le premier étage et son regard s'attarda sur les fenêtres de l'appartement d'Ève. Une lueur délicate, une persienne entrouverte d'où s'échappaient les notes d'une musique timide, un piano, les premières mesures de cet air, *The Man I Love*...

Lafargue réprima un geste d'agacement et, d'une démarche brusque, pénétra dans la villa, claquant la porte, courant presque jusqu'à l'escalier, grimpa les marches en bloquant sa respiration. Parvenu à l'étage, il dressa le poing puis se contint et se résigna à frapper doucement de l'index recourbé.

Il tourna les trois verrous qui, de l'extérieur, bloquaient la porte d'entrée de l'appartement où vivait celle qui s'obstinait à rester sourde à son appel.

Sans faire de bruit, il referma la porte et s'avança dans le boudoir. La pièce baignait dans l'obscurité, seule la lampe à abat-jour posée sur le piano dispensait un éclairage tamisé. Tout au fond de la chambre jouxtant le boudoir, le néon cru de la salle de bains ponctuait d'une tache blanc vif l'extrémité de l'appartement.

Dans la pénombre, il se dirigea vers la chaîne et coupa le son, interrompant les premières notes de la mélodie qui, sur le disque, suivait *The Man I love*.

Il domina sa colère avant de murmurer d'un ton neutre, exempt de reproches, une remarque pourtant acerbe sur la durée raisonnable d'une séance de maquillage, du choix d'une robe, de la sélection des bijoux convenant au type de soirée à laquelle lui et Ève étaient conviés...

Il s'avança ensuite jusqu'à la salle de bains et étouffa un juron lorsqu'il vit la jeune femme se prélasser dans un épais cocon de mousse bleutée. Il soupira. Son regard croisa celui d'Ève ; le défi qu'il lui sembla y lire le fit ricaner. Il secoua la tête, presque amusé par ces enfantillages, avant de quitter l'appartement...

De retour dans le grand salon, au rez-de-chaussée, il se servit un scotch au bar installé près de la cheminée et but le verre d'une traite. L'alcool lui brûla l'estomac et son visage s'anima de tics. Il se dirigea alors vers l'interphone relié à l'appartement d'Ève, appuya sur la touche et se racla la gorge avant de hurler, la bouche écrasée contre la grille de plastique :

— Je t'en supplie, dépêche-toi, ordure !

Ève sursauta violemment quand les deux baffles de 300 watts encastrées dans les cloisons du boudoir répercutèrent à pleine puissance le hurlement de Richard.

Elle frissonna avant de sortir sans hâte de l'immense baignoire circulaire pour enfiler un peignoir de tissu éponge. Elle vint s'asseoir devant la coiffeuse et entreprit de se maquiller, maniant le crayon à paupières à petits gestes vifs.

Conduite par Roger, la Mercedes quitta la villa du Vésinet pour gagner Saint-Germain. Richard observait Ève, indolente à ses côtés. Elle fumait avec nonchalance, portant avec régularité le fume-cigarette d'ivoire à ses lèvres fines. Les lumières de la ville pénétraient par flashes intermittents à l'intérieur de la voiture et accrochaient des traits de brillance éphémère à la robe-fourreau de soie noire.

13

Ève se tenait le cou rejeté en arrière et Richard ne pouvait voir son visage, seulement éclairé par le rougeoiement bref de la cigarette.

*

Ils ne s'attardèrent pas à cette garden-party organisée par un quelconque affairiste tenant ainsi à signifier son existence à l'aristocratie des environs. Ils déambulèrent — Ève au bras de Richard — parmi les invités. Un orchestre installé dans le parc distillait une musique douce. Des groupes se formaient à proximité des tables et des buffets disséminés le long des allées.

Ils ne purent éviter une ou deux sangsues mondaines et durent boire quelques coupes de champagne en portant des toasts en l'honneur du maître de maison. Lafargue rencontra certains confrères parmi lesquels un membre du Conseil de l'Ordre ; il se fit complimenter pour son dernier article dans *La Revue du praticien*. Au détour de la conversation, il promit même sa participation pour une conférence sur la chirurgie réparatrice du sein lors des futurs entretiens de Bichat. Plus tard, il se maudit de s'être ainsi laissé piéger alors qu'il aurait pu opposer un refus poli à la demande qui lui était faite.

Ève se tint à l'écart, et semblait rêveuse. Elle savourait les regards concupiscents que quelques convives se risquaient à lui adresser et se délectait à y répondre par une moue de mépris, presque imperceptible.

Elle quitta Richard un instant pour s'approcher de l'orchestre et demander que l'on joue *The Man I Love*.

Lorsque les premières mesures, suaves et langoureuses, retentirent, elle était de retour auprès de Lafargue. Un sourire narquois naquit sur ses lèvres quand la douleur se fit jour sur le visage du médecin. Il la prit délicatement par la taille pour l'entraîner un peu à l'écart. Le saxophoniste entama un solo plaintif et Richard dut se contenir pour ne pas gifler sa compagne.

Ils saluèrent enfin leur hôte, vers minuit, et regagnèrent la villa du Vésinet. Richard accompagna Ève jusqu'à sa chambre. Assis sur le sofa, il la regarda se dévêtir, d'abord machinalement, puis avec langueur, lui faisant face, le dévisageant avec ironie.

Les poings sur les hanches, les jambes écartées, elle se planta face à lui, la toison du pubis à la hauteur de son visage. Richard haussa les épaules et se leva pour aller chercher un coffret nacré rangé sur un rayonnage de la bibliothèque. Ève s'allongea sur une natte posée à même le sol. Il s'accroupit en tailleur auprès d'elle, ouvrit le coffret et en sortit la longue pipe ainsi que le papier d'argent contenant les petites boules graisseuses.

Il bourra délicatement la pipe et fit grésiller une allumette contre le fourneau avant de la tendre à Ève. Elle tira de longues bouffées. L'odeur fade se répandit dans la pièce. Couchée sur le côté, lovée en chien de fusil, elle fumait en fixant Richard. Bientôt son regard se troubla et devint vitreux... Déjà, Richard préparait une autre pipe.

Une heure plus tard, il la quittait après avoir fermé à double tour les trois verrous de l'appartement. De retour dans sa chambre, il se déshabilla à son tour et contempla longuement son visage grisonnant dans le miroir. Il sourit à son image, à ses cheveux blancs, aux rides nombreuses et profondes qui creusaient sa face. Il tendit devant lui ses mains ouvertes, puis il ferma les yeux et esquissa le geste de déchirer un objet imaginaire. Couché enfin, il se retourna de longues heures dans son lit avant de s'endormir au petit matin.

II

Line, la femme de chambre, était de congé, et ce fut Roger qui, ce dimanche, prépara le petit déjeuner. Il frappa longuement à la porte de la chambre de Lafargue avant d'obtenir une réponse.

Richard mangea de bon appétit, mordant à pleines dents les croissants frais. Il se sentait d'humeur joyeuse, presque badine. Il passa un jean, une chemise de toile légère, chaussa des mocassins et sortit faire un tour dans le parc.

Les cygnes nageaient de long en large du plan d'eau. Ils s'approchèrent de la rive lorsque Lafargue apparut dans le bosquet de lilas. Il leur lança quelques croûtons de pain, s'accroupit pour leur donner à manger dans sa main.

Puis il marcha dans le parc ; les massifs de fleurs coloraient de taches vives l'étendue verte du gazon fraîchement tondu. Il se dirigea vers la piscine, un bassin d'une vingtaine de mètres aménagé tout au fond du parc. La rue, et même les villas alentour étaient dissimulées au regard par un mur faisant le tour complet de la propriété.

Il alluma une cigarette blonde, tira une bouffée avant de ricaner longuement, et revint vers la maison. À l'office, Roger avait disposé sur la table le plateau du petit déjeuner destiné à Ève. Dans le salon, Richard pressa la touche de l'interphone et, à pleins poumons, hurla : PETIT DÉJEUNER ! DEBOUT !

Puis il monta à l'étage.

Il déverrouilla la porte et s'avança dans la chambre ; Ève dormait encore, dans le grand lit à baldaquin. Son visage émergeait à peine des draps et sa chevelure brune, épaisse et bouclée formait une tache noire sur le satin mauve.

Lafargue s'assit au bord du lit, déposa le plateau auprès d'Ève. Elle trempa le bout des lèvres dans le verre de jus d'orange, et attaqua d'une dent morne une biscotte nappée de miel.

— Nous sommes le 27... dit Richard. C'est aujourd'hui le dernier dimanche du mois. L'auriez-vous oublié ?

Ève secoua faiblement la tête, sans regarder Richard. Ses yeux étaient vides.

— Bien, reprit-il, nous partons d'ici trois quarts d'heure !

Il quitta l'appartement. De retour dans le grand salon, il s'approcha de l'interphone, pour crier :

— J'ai dit trois quarts d'heure, tu as compris ?

Ève s'était figée pour subir la voix amplifiée par les baffles.

La Mercedes avait roulé trois heures avant de quitter l'autoroute pour emprunter une petite départementale sinueuse. La campagne normande croulait de torpeur sous le soleil d'été. Richard se servit un soda glacé et proposa un rafraîchissement à Ève qui sommeillait les yeux mi-clos. Elle refusa le verre qu'il lui tendait. Il referma la porte du petit frigo.

Roger conduisait vite mais avec maîtrise. Il gara bientôt la Mercedes à l'entrée d'un château situé à la lisière d'un petit village. Un bout de forêt très dense entourait le domaine dont quelques dépendances, protégées par une grille, se rapprochaient des premières maisons du village. Assis sur le parvis, des groupes de promeneurs savouraient le soleil. Des femmes en blouse blanche circulaient parmi eux, les bras encombrés de plateaux chargés de gobelets de plastique multicolores.

Richard et Ève montèrent la volée de marches menant à l'entrée puis se dirigèrent vers le guichet d'accueil derrière lequel trônait une imposante hôtesse. Elle sourit à Lafargue, serra la main d'Ève et héla un infirmier. À sa suite, Ève et Richard prirent un ascenseur qui stoppa au troisième étage. Un long couloir étalait une perspective rectiligne entrecoupée de renfoncements logeant des portes munies d'un judas rectangulaire de plastique translucide. L'infirmier, sans un mot, ouvrit la septième porte à gauche en partant de l'ascenseur. Il s'effaça pour laisser entrer le couple.

*

Une femme était assise sur le lit, une femme très jeune, malgré ses rides et ses épaules voûtées Elle offrait le spectacle pénible d'un vieillissement prématuré, venu creuser de profonds sillons dans un visage par ailleurs encore enfantin. Les cheveux en désordre formaient une tignasse épaisse, hérissée d'épis. Les yeux, exorbités, roulaient en tous sens. La peau était parsemée de croûtes noirâtres. La lèvre inférieure tremblait spasmodiquement, et le torse se balançait lentement, d'avant en arrière, régulier, tel un métronome. Elle ne portait qu'une chemise de toile bleue, sans poche. Ses pieds nus flottaient dans des mules à pompons.

Elle ne semblait pas avoir remarqué l'entrée des visiteurs. Richard s'assit auprès d'elle et lui prit le menton pour tourner son visage vers lui. La femme était docile, mais rien dans son expression ni dans ses gestes ne laissa transparaître ne fût-ce que l'esquisse d'un sentiment ou d'une émotion.

Richard passa un bras autour de ses épaules et l'attira contre lui. Le balancement cessa. Ève, debout près du lit, regardait le paysage au travers de la fenêtre au vitrage renforcé.

— Viviane, murmura Richard, Viviane, ma douce...

Soudain, il se leva, saisit Ève par le bras. Il la contraignit à se tourner vers Viviane, qui avait repris son balancement, l'œil hagard.

20

— Donne-lui... dit-il dans un souffle.

Ève ouvrit son sac à main pour en tirer une boîte de chocolats fourrés. Elle se pencha et tendit la boîte à cette femme, Viviane.

Avec des gestes désordonnés, Viviane s'en empara, arracha le couvercle et, goulûment, se mit à dévorer les chocolats, tous, l'un après l'autre. Richard l'observait, hébété.

— Bien, c'est suffisant... soupira Ève.

Et elle poussa Richard doucement hors de la chambre. L'infirmier attendait dans le couloir ; il referma la porte, tandis qu'Ève et Richard se dirigeaient vers l'ascenseur.

Ils revinrent au guichet d'accueil pour échanger quelques mots en compagnie de l'hôtesse. Puis Ève fit signe au chauffeur qui, adossé à la Mercedes, lisait *L'Équipe*. Richard et Ève prirent place à l'arrière et la voiture s'engagea sur la départementale menant à l'autoroute, afin de regagner la région parisienne et la villa du Vésinet, enfin.

*

Richard avait bouclé Ève dans l'appartement du premier étage et congédié les domestiques pour le restant de la journée. Il se relaxa dans le salon, grignotant les plats froids qu'avait servis Line avant de s'en aller. Il était près de dix-sept heures lorsqu'il s'installa au volant de la Mercedes et fila vers Paris.

Il se gara près de la Concorde et pénétra dans un immeuble de la rue Godot-de-Mauroy. Son trousseau de clés à la main, il grimpa trois étages d'un pas rapide. Il ouvrit la porte d'un studio spatieux. Le centre de la pièce était occupé par un grand lit rond recouvert de draps de satin mauve, et les murs ornés de quelques gravures érotiques.

Sur la table de chevet était posé un combiné téléphonique équipé d'un répondeur automatique. Richard enclencha la cassette et écouta les appels. Il y en avait eu trois durant les deux derniers jours. Des voix rauques, au souffle court : des voix d'hommes laissant un message destiné à Ève. Il nota les heures de rendez-vous proposées. Il sortit du studio, descendit rapidement dans la rue et remonta en voiture. De retour au Vésinet, il se dirigea vers l'interphone et, d'une voix doucereuse, appela la jeune femme.

— Ève, tu m'entends ? Trois ! Ce soir !

Il monta à l'étage.

Elle était dans le boudoir, occupée à peindre une aquarelle. Un paysage serein, charmant, une clairière inondée de lumière et, au centre de la toile, dessiné au fusain noir, le visage de Viviane. Richard partit d'un grand éclat de rire, attrapa un flacon de vernis à ongle rouge sur la coiffeuse, et en versa le contenu sur l'aquarelle.

— Vous ne changerez donc jamais ? susurra-t-il.

Ève s'était levée et, méthodique, rangeait les pinceaux, les couleurs, le chevalet. Richard l'attira contre lui, le visage touchant presque le sien, il murmura :

— Je vous remercie, du fond du cœur, de cette docilité qui vous amène à vous plier à mon désir...

Les traits d'Ève se crispèrent ; de sa gorge, une

longue plainte jaillit, sourde et grave. Puis une lueur de colère dans son regard.

— Lâche-moi, saloperie de maquereau !

— Ah ! Très drôle ! Si ! Je vous assure, vous êtes charmante, dans vos moments de révolte...

Elle s'était dégagée de son étreinte. Elle remit sa chevelure en place, ajusta ses vêtements.

— Bien, dit-elle, ce soir ? Vous le voulez vraiment ? Quand partons-nous ?

— Mais... tout de suite !

Ils n'échangèrent pas une parole durant le trajet. Toujours sans un mot, ils se retrouvèrent dans le studio de la rue Godot-de-Mauroy.

— Préparez-vous, ils ne devraient plus tarder, ordonna Lafargue.

Ève ouvrit un placard et se déshabilla. Elle rangea ses vêtements avant de se déguiser à l'aide de longues cuissardes noires, d'une jupe de cuir et de bas résille. Elle se farda le visage — poudre blanche, rouge à lèvres écarlate — et s'assit sur le lit.

Richard sortit du studio pour entrer dans le studio mitoyen. Sur l'un des murs, une glace sans tain permettait d'observer secrètement ce qui se passait dans la pièce où attendait Ève.

Le premier client, un commerçant à la soixantaine poussive, rouge d'apoplexie, arriva un peu plus d'une demi-heure plus tard. Le second, vers vingt et une heures seulement, un pharmacien provincial qui venait visiter Ève à intervalles réguliers et se contentait de la voir déambuler nue dans l'espace étroit de la pièce. Le troisième enfin, qu'Ève dut faire patienter, après qu'il eut demandé à venir, tout essoufflé au téléphone. Il s'agissait d'un fils de bonne famille, homosexuel refoulé, qui s'agitait tout en marchant, proférant des insultes, se masturbant tandis qu'Ève l'accompagnait dans ses déplacements en lui donnant la main.

Richard, derrière le miroir, exultait de ce spectacle, riant en silence, se balançant dans un rocking-chair, applaudissant à chaque grimace de dégoût de la jeune femme.

Quand tout fut terminé, il la rejoignit. Elle abandonna ses vêtements de cuir pour revêtir un tailleur de coupe sobre.

— C'était parfait ! Vous êtes toujours parfaite... Merveilleuse et patiente ! Venez, murmura Richard.

Il lui prit le bras pour l'emmener souper dans un restaurant slave. Il abreuva de billets les musiciens de l'orchestre tzigane agglutinés autour de leur table, les billets récupérés sur la table de chevet après que les clients d'Ève les eurent déposés en échange du service accompli.

*

... Souviens-toi. C'était un soir d'été. Il faisait une chaleur abominable, moite, un fardeau insupportable. Un orage qui tardait à venir. Tu as pris ta moto, pour filer dans la nuit. L'air de la nuit, pensais-tu, me fera du bien.

24

Tu roulais vite. Le vent emplissait ta chemise, en soulevait des pans qui claquaient. Des insectes s'écrasaient sur tes lunettes, sur ton visage, mais tu n'avais plus chaud.

Il a fallu bien du temps avant que tu ne t'inquiètes de la présence de ces deux phares blancs, trouant l'obscurité dans ton sillage. Deux yeux électriques, braqués sur toi, qui ne te quittaient plus. Inquiet, tu as poussé à fond le moteur de la 125, mais la voiture qui te filait était puissante. Elle n'eut aucune peine à se maintenir derrière toi.

Tu zigzaguais dans la forêt, anxieux tout d'abord, puis paniqué devant l'insistance de ce regard qui ne t'abandonnait pas. Dans ton rétro, tu as pu voir que le conducteur était seul. Il ne semblait pas vouloir t'approcher.

L'orage est venu, enfin. Une pluie d'abord fine, battante, ensuite. De virage en virage, la voiture réapparaissait. Dégoulinant d'eau, tu as frissonné. La jauge d'essence de la 125 s'est mise à clignoter dangereusement. Il n'y en avait plus que pour quelques kilomètres. À tourner et encore tourner dans la forêt, tu t'étais perdu. Tu ne savais plus quelle direction prendre pour regagner le village le plus proche.

La chaussée était glissante, tu as ralenti. D'un bond, la voiture s'est approchée, te dépassant presque, en tentant de te faire déraper vers le bas-côté.

Tu as freiné, la moto a fait un tête-à-queue. En relançant le moteur pour repartir en sens inverse, tu as entendu le crissement de ses freins : lui aussi avait viré et te suivait toujours. Il faisait nuit noire et les trombes d'eau qui tombaient du ciel t'empêchaient de distinguer la route devant toi.

Soudain, tu as engagé la roue avant à l'assaut d'un talus, espérant couper à travers les sous-bois, mais la boue t'a fait déraper. La 125 était couchée sur le côté, et le moteur a calé. Tu as tenté de la redresser, ce n'était pas facile.

De nouveau en selle, tu as actionné le kick, mais il n'y avait plus d'essence. Une torche puissante a éclairé les sous-bois. Le pinceau de lumière t'a surpris alors que tu courais te mettre à l'abri d'un tronc d'arbre. Dans la tige de ta botte droite, tu as palpé la lame de la dague, ce poignard de la Wehrmacht que tu portais toujours sur toi...

Oui, la voiture avait elle aussi pilé sur la route et tu as senti ton ventre se nouer, en apercevant cette silhouette massive épauler un fusil. Le canon était tourné vers toi. La détonation s'est mêlée aux coups de tonnerre. La torche était posée sur le toit de la voiture. Elle s'est éteinte.

Tu as galopé, à perdre haleine. Tu te déchirais les mains à écarter les broussailles pour libérer le passage. De temps à autre, la torche se rallumait, un flash de lumière jaillissait de nouveau, derrière toi, éclairant ta fuite. Tu n'entendais plus rien, ton cœur battait très fort ; une croûte de boue, sur tes bottes, alourdissait ta course. Dans ton poing, tu serrais la dague.

Combien de temps la poursuite a-t-elle duré ? Le souffle court, tu bondissais par-dessus les troncs abat-

tus, dans le noir. Une souche couchée par terre t'a fait trébucher et tu t'es étalé sur le sol détrempé.

Allongé dans la boue, tu as entendu ce cri : un feulement. Il a sauté sur ton poignet, t'écrasant la main du talon de sa botte. Tu as lâché la dague. Puis il s'est abattu sur toi, ses mains se sont plaquées sur tes épaules, l'une remontant vers ta bouche, l'autre enserrant ton cou tandis que son genou te heurtait les reins. Tu as tenté de mordre la paume de sa main, mais tes dents n'ont rencontré qu'une motte de terre.

Il te tenait cambré contre lui. Vous êtes restés ainsi, soudés l'un à l'autre, dans l'obscurité... La pluie a cessé.

III

Alex Barny reposait sur le lit-cage, dans la chambre mansardée. Il ne faisait rien, rien d'autre qu'attendre. Le chant des cigales, emplissant la garrigue, provoquait un vacarme lancinant. Par la fenêtre, Alex apercevait les silhouettes biscornues des troncs d'oliviers, se tordant dans la nuit, figés dans des poses saugrenues ; de la manche de sa chemise, il épongea son front où perlait une sueur aigre.

L'ampoule nue, suspendue à un fil, attirait des nuées de moustiques ; tous les quarts d'heure, Alex prenait un accès de rage, et aspergeait les insectes d'un nuage de fly-tox. Sur le sol cimenté, une large auréole noirâtre de cadavres écrasés s'étalait, parsemée de minuscules points rouges.

Alex se leva péniblement et, tout en boitillant, appuyé sur une canne, il sortit de la chambre pour se diriger vers la cuisine du mas, perdu dans la campagne, quelque part entre Cagnes et Grasse.

Le frigo était rempli de victuailles diverses. Alex prit une boîte de bière, arracha la capsule et but. Il rota puissamment, décapsula une seconde boîte et sortit de la maison. Au loin, en contrebas des collines hérissées d'oliviers, la mer brillait au clair de lune, étincelant sous un ciel dépourvu de nuages.

Alex fit quelques pas, précautionneusement. Sa cuisse le fit souffrir, de brefs élancements douloureux. Le pansement lui comprimait la chair. Depuis deux jours, il n'y avait plus de pus ; mais la blessure tardait à se refermer. La balle avait traversé les masses musculaires, épargnant par miracle l'artère fémorale et l'os.

Alex s'appuya d'une main contre un tronc d'olivier et urina, aspergeant de son jet une colonne de fourmis occupées à déménager un effarant tas de brindilles.

Il se remit à boire, tétant la boîte de bière, se gargarisant de mousse, recracha. Il s'assit sur le banc de la véranda, soufflant, rotant de nouveau. De la poche de son short, il tira un paquet de Gauloises. La bière avait éclaboussé son tee-shirt, déjà crasseux de graisse et de poussière. À travers le tissu, il se pinça le ventre, saisissant un pli de peau entre le pouce et l'index. Il grossissait. Depuis ces trois semaines d'oisiveté forcée, uniquement occupé à se reposer et à manger, il grossissait.

Du pied, il écrasa la surface de papier d'un journal datant de plus de quinze jours. Le talon de la pataugas recouvrit le visage qui s'étalait en première page. Le sien. Un texte d'une colonne de caractères épais, d'où se détachaient des majuscules encore plus larges : son nom. Alex Barny.

Une autre photo, plus petite, un type au bras passé

30

autour des épaules d'une femme, un bébé dans les bras. Alex se racla la gorge et cracha sur le journal. La salive, emportant au passage quelques brins de tabac, vint s'étaler sur le visage du bébé. Alex cracha de nouveau et cette fois-ci, ne manqua pas sa cible, le visage du flic souriant à sa petite famille. Ce flic aujourd'hui mort...

Il vida le reste de bière sur le journal, l'encre se dilua, nappant de flou la photo, boursouflant le papier. Il s'absorba dans la contemplation des traînées de liquide qui tachaient peu à peu la page. Puis il la déchira avec les pieds, dans un trépignement.

Une bouffée d'angoisse l'envahit. Ses yeux s'embuèrent mais les larmes ne vinrent pas ; les sanglots qui naissaient dans sa gorge se tarirent, le laissant désemparé. Il lissa la bande de son pansement, arrangeant le pli, resserrant le tout en changeant l'épingle à nourrice de place.

Les mains à plat sur les genoux, il resta là, à regarder la nuit. Les premiers jours, quand il était arrivé au mas, il avait eu un mal fou à s'habituer à la solitude. Sa blessure infectée lui donnait un peu de fièvre, ses oreilles bourdonnaient, une sensation désagréable se mêlant au chant des cigales. Il scrutait la garrigue, et souvent il lui semblait voir un tronc remuer ; les bruits de la nuit l'inquiétaient. Il avait toujours son revolver dans la main, ou, lorsqu'il était allongé, posé sur son ventre. Il eut peur de devenir fou.

Le sac contenant les billets était au pied du lit. Il laissait un bras pendre par-dessus le montant de fer et plongeait la main dans les liasses, les retournait, les palpait, jouissant de ce contact.

Il avait des moments d'euphorie, éclatant soudain de rire, se disant qu'après tout, rien ne pouvait lui arriver. On ne le retrouverait pas. Ici, il était à l'abri. Il n'y avait pas de maison voisine, à moins d'un kilomètre. Des touristes hollandais ou allemands qui avaient acheté des mas en ruine et passaient là leur vacances. Ou bien des hippies à troupeaux de chèvres. Un potier... Rien à craindre ! Durant la journée, il observait parfois la route et les alentours, à la jumelle. Les touristes faisaient de grandes balades à pied, cueillaient des fleurs. Les enfants étaient étonnamment blonds, deux petites filles, un garçon plus âgé. Leur mère prenait des bains de soleil, nue sur le toit plat de la maison, là-bas. Alex l'épiait, se pétrissant l'entrejambe en maugréant...

Il rentra dans la salle à manger pour se préparer une omelette. Il la mangea à même la poêle, sauçant les résidus baveux avec du pain. Puis il joua aux fléchettes, mais les allées et venues nécessaires pour récupérer les projectiles après chaque tir le fatiguèrent bien vite. Il y avait aussi un flipper, qui fonctionnait au début de son séjour, mais il était tombé en panne depuis une semaine.

Il brancha la télé. Il hésita entre un western sur FR3 et une émission de variétés sur la première chaîne. Le western racontait l'histoire d'un truand qui était devenu juge, après avoir terrorisé tout un village. Ce type-là était fou, il se baladait avec un ours, et sa tête

32

avait une position étrange, penchée de côté : le bandit-juge avait survécu à une pendaison... Alex coupa le son.

Un juge, un vrai, avec sa robe rouge et son espèce de col de fourrure blanche, il en avait vu un, une fois. C'était au palais de Justice de Paris. Vincent l'y avait traîné pour assister à un procès d'assises. Il était un peu fou, Vincent, son seul copain, à lui, Alex.

Aujourd'hui, Alex était dans le pétrin. Dans une telle situation, pensait-il, Vincent saurait quoi faire... Comment sortir de ce trou sans se faire prendre par les flics, comment écouler les billets, à coup sûr répertoriés, comment gagner un pays étranger, s'y débrouiller pour se faire oublier. Vincent parlait anglais, espagnol...

Et puis d'abord, Vincent ne se serait pas laissé piéger aussi bêtement ! Il aurait prévu le flic, la caméra dissimulée dans le plafond, qui avait filmé les exploits d'Alex. Et quels exploits ! L'arrivée dans l'agence en hurlant, le revolver braqué sur le caissier...

Vincent aurait eu l'idée de dénombrer les clients habitués du lundi, ce flic notamment, toujours de repos ce jour-là, qui venait à 10 heures retirer du liquide avant d'aller faire ses courses au Carrefour voisin. Vincent aurait mis une cagoule, tiré dans la caméra... Alex avait une cagoule, mais le flic la lui avait arrachée. Vincent n'aurait pas attendu pour descendre ce type qui avait voulu jouer les héros. Tant qu'à mourir...

Mais c'était Alex — pétrifié de stupeur, l'espace d'un instant, une fraction de seconde avant de prendre la décision : faire feu tout de suite ! — Alex qui s'était laissé surprendre, Alex qui avait pris cette balle dans la cuisse, Alex qui s'était traîné dehors, ruisselant de sang, son sac plein de billets à la main, non, vraiment, Vincent s'en serait mieux tiré !

Vincent n'était plus là. Personne ne savait où il se cachait. Peut-être était-il mort ? En tout cas, son absence s'était avérée désastreuse.

Pourtant Alex avait appris. Après la disparition de Vincent, il s'était fait de nouveaux amis qui lui avaient fourni des faux papiers et cette planque perdue dans la garrigue provençale. Depuis presque quatre ans que Vincent avait disparu, Alex s'était transformé. La ferme de son père, le tracteur, les vaches, c'était bien loin. Il était devenu videur dans une boîte de nuit, à Meaux. Ses mains en battoirs faisaient parfois des ravages, le samedi soir, parmi les clients avinés et turbulents. Alex avait de beaux habits, une grosse bague, une voiture. Presque un monsieur !

Et, à force de cogner pour le compte des autres, il s'était dit qu'après tout, s'il cognait pour son propre compte, ce ne serait pas si mal. Alex avait cogné, cogné, cogné. Le soir, tard, à Paris, dans les beaux quartiers, à la sortie des boîtes, des restaurants... Une véritable moisson de portefeuilles, plus ou moins bien garnis, des Cartes Bleues, si pratiques pour régler les factures de sa garde-robe maintenant imposante.

Puis Alex en avait eu assez, de cogner si fort, si souvent, pour un rendement somme toute dérisoire. En une seule fois, à la banque, en cognant très fort, il pourrait se dispenser de cogner pour le restant de sa vie.

Il était avachi dans un fauteuil, le regard rivé sur l'écran de télé à présent vide. Une souris passa en couinant le long d'une plinthe, tout près de sa main. D'un geste vif, il allongea le bras, la paume ouverte, et ses doigts se refermèrent sur le petit corps velu. Il sentait battre le cœur minuscule, affolé. Il se rappela les champs, les roues du tracteur qui débusquaient les rats, les oiseaux cachés dans les haies.

Il approcha la souris de son visage et commença à serrer doucement. Ses ongles s'enfonçaient dans le poil soyeux. Les couinements se firent plus aigus. Alors, il revit la page de journal, les caractères gras, sa photo prisonnière des colonnes de baratin des journalistes.

Il se leva, revint vers le perron de la maison, et, de toutes ses forces, lança au loin la souris dans la nuit.

*

... Il y avait ce goût de terre moisie dans ta bouche, toute cette boue visqueuse sous toi, ce contact tiède et doux contre ton torse — ta chemise s'était déchirée — des odeurs de mousse, de bois pourri. Et puis l'étau de ses mains, autour de ton cou, sur ton visage, des doigts crispés qui te tenaient prisonnier, ce genou arc-bouté contre tes reins et sur lequel il pesait de tout son poids, comme s'il avait voulu t'enfoncer dans le sol, pour t'y faire disparaître.

Il haletait, reprenait son souffle. Toi, tu ne bougeais plus ; attendre, simplement attendre. Le poignard était là, dans l'herbe, quelque part sur la droite. Il faudrait bien, d'ici quelques secondes, qu'il relâche son étreinte. Alors, d'un coup de rein, tu pourrais le désarçonner, le faire basculer, t'emparer de la dague, et le tuer, le tuer, lui ouvrir le ventre, à ce salaud !

Qui était-il ? Un fou ? Un sadique draguant dans la forêt ? Depuis de longues secondes vous gisiez tous les deux, douloureusement enlacés dans la boue, guettant votre souffle dans la nuit. Voulait-il te tuer ? Te violer avant ?

La forêt était totalement silencieuse, inerte, comme vidée de toute vie. Il ne disait rien, respirait plus calmement. Tu attendais un geste. Sa main se dirigeant vers ton bas-ventre ? Quelque chose de ce genre... Peu à peu tu étais parvenu à dominer ta terreur, tu te savais prêt à lutter, à lui enfoncer tes doigts dans les yeux, à chercher sa gorge pour mordre. Mais rien ne venait. Tu étais là, sous lui, à attendre.

Alors, il a ri. D'un petit rire joyeux, sincère, puéril. Un rire de gosse à qui l'on vient de donner son cadeau de Noël. Le rire s'est tari. Tu as entendu sa voix, posée, neutre.

— Ne crains rien, petit, ne bouge pas, je ne vais pas te faire de mal...

Sa main gauche a quitté ton cou, pour allumer la torche. Le poignard était bien là, planté dans l'herbe, à peine à vingt centimètres. Mais, de son pied, il a poussé encore plus fort sur ton poignet, avant de lancer au loin la dague. Ta dernière chance...

Il a posé la torche sur le sol et, t'agrippant par les

36

cheveux, il a tourné ton visage vers le rayon de lumière jaune. Tu étais aveuglé. Il a parlé, de nouveau.

— Oui... c'est bien toi !

Son genou pesait de plus en plus dans ton dos. Tu as crié, mais il a plaqué un chiffon odorant sur ta face. Tu as lutté pour ne pas sombrer, mais, lorsqu'il a peu à peu dégagé son étreinte, tu étais déjà engourdi. Un grand torrent noir, bouillonnant, venait vers toi.

Tu as mis très longtemps à émerger de ta torpeur. Tes souvenirs étaient flous. Tu avais fait un cauchemar, un rêve hideux, dans ton lit ?

Non, tout était noir, comme la nuit du sommeil, mais à présent, tu étais bel et bien éveillé. Tu as hurlé, longuement. Tu as tenté de remuer, de te redresser.

Mais des chaînes entravaient tes poignets, tes chevilles, ne leur accordant qu'une liberté de mouvement très réduite. Dans l'obscurité, tu as palpé le sol sur lequel tu étais allongé. Un sol dur, recouvert d'une espèce de toile cirée. Et derrière, un mur, rembourré de mousse. Les chaînes y étaient scellées, solidement. Tu as tiré dessus, en posant un pied contre le mur, mais elles auraient pu résister à une traction bien plus forte.

C'est alors, seulement, que tu as pris conscience de ta nudité. Tu étais nu, totalement nu, attaché à un mur, par des chaînes. Tu as palpé ton corps, fébrile, à la recherche de plaies dont la douleur serait restée muette. Mais ta peau, fine, était lisse, indolore.

Il ne faisait pas froid, dans cette pièce obscure. Tu

étais nu, mais tu n'avais pas froid. Tu as appelé, crié, rugi... Puis tu as pleuré, tapant des poings contre le mur, secouant tes chaînes, hurlant de rage impuissante.

Il t'a semblé que tu criais depuis des heures. Tu t'es assis par terre, sur la toile. Tu as pensé qu'on t'avait drogué, que tout cela, ce n'était qu'hallucinations, délire... Ou que tu étais mort, cette nuit, sur la route, en moto, le souvenir de ta mort t'échappait pour l'instant, mais peut-être reviendrait-il ? Oui, c'était cela, la mort, être enchaîné dans le noir, à ne plus rien savoir...

Mais non, tu vivais. Tu as hurlé, de nouveau. Le sadique t'avait capturé dans la forêt ; pourtant, il ne t'avait fait aucun mal, non, aucun.

Je suis devenu fou... C'est ce que tu as pensé, aussi. Ta voix était faible, cassée, éraillée, ta gorge sèche, tu ne pouvais plus crier.

Alors, tu as eu soif.

Tu as dormi. Au réveil, la soif était là, tapie dans le noir, à t'attendre. Elle avait veillé, patiente, sur ton sommeil. Elle te serrait la gorge, tenace et perverse. Une poussière râpeuse, épaisse, qui tapissait ta bouche, dont les grains crissaient sous tes dents ; non pas une simple envie de boire, non, bien autre chose, que tu n'avais jamais connu et dont le nom, sonore et clair, claquait comme un coup de fouet : la soif.

Tu as essayé de penser à autre chose. Tu t'es récité des poèmes, mentalement. De temps à autre, tu te dressais pour appeler au secours, en frappant sur le mur. Tu hurlais — j'ai soif — puis tu murmurais — j'ai soif — enfin, tu ne pouvais plus que penser : j'ai soif ! En geignant, tu as imploré, supplié qu'on te donne à boire. Tu as regretté d'avoir uriné, au début, tout au début. Tu avais tiré au maximum sur les chaînes, pour pisser au loin, afin que le coin de toile posé sur le sol qui te servait de grabat reste propre. Je vais crever de soif, j'aurais dû boire ma pisse...

Tu as dormi, encore. Des heures, ou seulement quelques minutes ? Impossible de te rendre compte, nu, dans le noir, sans repère.

Il s'était écoulé beaucoup de temps. Soudain, tu as compris : il y avait une erreur ! On t'avait pris pour quelqu'un d'autre, ce n'était pas toi que l'on voulait torturer ainsi. Alors, tu as rassemblé tes dernières forces pour hurler :

— Monsieur, je vous en supplie ! Venez, vous vous êtes trompé ! Je suis Vincent Moreau ! Vous vous trompez ! Vincent Moreau ! Vincent Moreau !

Alors, tu t'es souvenu de la torche, dans la forêt. Le pinceau de lumière jaune sur ton visage, et sa voix, sourde, qui avait dit : c'est bien toi !

C'était donc bien toi.

Deuxième partie

LE VENIN

I

Richard Lafargue se leva de bonne heure ce lundi matin. Sa journée allait être chargée. Au saut du lit, il fit quelques brasses dans la piscine et déjeuna dans le parc, goûtant le soleil matinal, tout en parcourant d'un œil distrait les titres de la presse du jour.

Roger l'attendait, au volant de la Mercedes. Avant de partir, il alla saluer Ève, encore endormie. Il la gifla doucement pour la réveiller. Elle se dressa d'un bond, stupéfaite. Le drap avait glissé et Richard observa la courbe gracieuse de ses seins. Du bout de l'index il la caressa, remontant de la peau des côtes au sommet de l'aréole.

Elle ne put s'empêcher de rire, elle saisit sa main et la dirigea vers son ventre. Richard eut un mouvement de recul. Il se leva et quitta la chambre. Sur le pas de porte, il se retourna. Ève avait complètement rejeté le drap et lui tendait les bras. Ce fut à son tour de rire.

— Abruti ! siffla-t-elle, tu en crèves d'envie !

Il haussa les épaules, tourna les talons et disparut.

Une demi-heure plus tard, il était à l'hôpital, au centre de Paris. Il dirigeait un service de chirurgie plastique de renommée internationale. Mais il ne passait là que ses matinées, réservant ses après-midi à la clinique lui appartenant, à Boulogne.

Il s'enferma dans son bureau pour étudier le dossier de l'intervention prévue ce jour-là. Ses assistants l'attendaient impatiemment. Après s'être donné le temps nécessaire à la réflexion, il passa ses vêtements stériles et pénétra dans le bloc.

La salle était surmontée d'un amphithéâtre en gradins, séparée du bloc par une vitre. Les spectateurs, médecins et étudiants, attendaient en nombre ; ils écoutèrent la voix de Lafargue, déformée par le haut-parleur, exposer le cas.

— Bien, nous avons, sur le front et les joues, de larges placards chéloïdiens : il s'agit d'une brûlure par explosion d'une « bouillotte chimique », la pyramide nasale est pratiquement inexistante, les paupières sont détruites, vous voyez donc ici une indication typique de traitement par lambeaux cylindriques... Nous allons mettre à contribution le bras ainsi que l'abdomen...

À l'aide d'un scalpel, Lafargue incisait déjà de larges rectangles de peau sur le ventre du patient. Au-dessus de lui, les visages des spectateurs se pressaient contre la vitre. Une heure plus tard, il pouvait montrer un premier résultat : des lambeaux de peau, cousus en cylindre, partaient du bras de l'opéré et de

44

son ventre pour venir se rattacher à son visage ravagé par les brûlures. Leur double amarrage permettrait de régénérer le revêtement facial, totalement délabré.

On emportait déjà l'opéré au-dehors. Lafargue arracha son masque et termina ses explications.

— Dans ce cas, le plan opératoire était conditionné par la hiérarchie des urgences. Il va de soi que ce type d'intervention devra être réitéré à plusieurs reprises avant d'obtenir un résultat satisfaisant.

Il remercia son auditoire pour son attention et quitta le bloc. Il était plus de midi. Lafargue se dirigea vers un restaurant proche ; sur le chemin, ses pas croisèrent une parfumerie. Il entra pour acheter un flacon de parfum qu'il comptait offrir à Ève le soir même.

Après le repas, Roger le conduisit jusqu'à Boulogne. La consultation démarrait à quatorze heures. Lafargue fit défiler ses patients rapidement : une jeune mère de famille amenant son fils atteint d'un bec de lièvre, une brassée de nez — le lundi était le jour des nez : nez cassés, nez proéminents, nez déviants... Lafargue palpait le visage de part et d'autre des cloisons nasales, montrait des photos « avant/après ». Les femmes étaient en majorité, mais quelques hommes venaient aussi.

Lorsque la consultation fut terminée, il travailla seul, compulsant les dernières revues américaines. Roger vint le chercher à dix-huit heures.

De retour au Vésinet, il frappa à la porte d'Ève, tourna les verrous. Elle était assise au piano, nue, et jouait une sonate, sans sembler s'apercevoir de la présence de Richard. Elle lui tournait le dos, assise sur le tabouret. Ses cheveux noirs et bouclés voletaient mèche par mèche sur ses épaules, elle dodelinait de la tête en frappant le clavier. Il admirait son dos, charnu et musclé, les fossettes de ses reins, ses fesses... Soudain, elle interrompit la sonate, légère et onctueuse, pour attaquer les premières mesures de ce morceau que Richard haïssait. Elle fredonna, d'une voix rauque, forçant les graves. *Some day, he'll come along, The Man I love*... Elle plaqua un accord dissonant, interrompant le morceau, et fit pivoter le tabouret d'un mouvement de reins. Elle se tenait assise face à Richard, les cuisses écartées, les poings sur les genoux, dans une pose de défi obscène.

Il ne put, durant quelques secondes, détacher ses yeux de la toison brune qui masquait son pubis. Elle fronça les sourcils, et, avec lenteur, écarta encore plus les jambes, plongea un doigt dans la fente de son sexe, écartant les lèvres, tout en gémissant.

— Assez ! cria-t-il.

Avec gaucherie, il lui tendit le flacon de parfum acheté le matin. Elle le toisa d'un air ironique. Il déposa le paquet sur le piano et lui lança un peignoir en lui ordonnant de se couvrir.

Elle se leva d'un bond et, tout sourire, vint se plaquer contre lui, après avoir rejeté le peignoir. Elle passa les bras autour de son cou et frotta sa poitrine contre le torse de Richard. Il dut lui tordre les poignets pour se dégager.

— Préparez-vous ! ordonna-t-il. La journée a été magnifique. Nous allons sortir.

— Je m'habille putain ?

Il bondit sur elle et, de sa main, lui enserra le cou, la maintenant à distance. Il répéta son ordre. Elle suffoquait sous la douleur, si bien qu'il dut la lâcher sans tarder.

— Pardonnez-moi, bredouilla-t-il. Je vous en prie, habillez-vous.

Il redescendit au rez-de-chaussée, anxieux. Il décida de se calmer en examinant son courrier. Il détestait avoir à se pencher sur les détails matériels de la gestion de la maison mais depuis la venue d'Ève, il avait été amené à congédier la personne qu'il chargeait auparavant de ces menus travaux de secrétariat.

Il calcula les heures supplémentaires dues à Roger, les prochains congés payés de Line, se trompa dans les taux horaires, dut recommencer. Il était encore penché sur sa paperasserie lorsque Ève parut au salon.

Elle était resplendissante, dans une robe décolletée de lamé noir ; un collier de perles agrémentait son cou. Elle se pencha vers lui et il reconnut sur sa peau blême l'odeur du parfum qu'il venait de lui offrir.

Elle lui sourit et le prit par le bras. Il s'installa au volant de la Mercedes et roula quelques minutes avant d'entrer dans la forêt de Saint-Germain encombrée par de nombreux promeneurs, attirés par la douceur du soir.

Elle marchait à ses côtés, la tête appuyée contre son épaule. Ils restèrent sans parler tout d'abord, puis il lui raconta son opération de la matinée.

— Tu m'emmerdes... chantonna-t-elle.

Il se tut, à demi vexé. Elle lui avait pris la main et l'observait, l'air amusé. Elle voulut s'asseoir sur un banc.

— Richard ?

Il semblait absent, elle dut l'appeler de nouveau. Il vint auprès d'elle.

— Je voudrais voir la mer... Il y a si longtemps. J'adorais nager, tu sais. Une journée, une seule, voir la mer. Je ferai ce que tu voudras, ensuite...

Il haussa les épaules, expliqua que le problème n'était pas là.

— Je te promets que je ne m'enfuirai pas...

— Vos promesses ne valent rien ! Et vous faites déjà ce que je veux !

Il eut un geste d'agacement, puis lui demanda de se taire. Ils marchèrent encore un peu jusqu'au bord de l'eau. Des jeunes gens faisaient de la planche à voile sur la Seine.

Elle s'écria tout d'un coup : « j'ai faim ! » et attendit la réponse de Richard qui proposa de l'emmener souper tout près de là, dans un restaurant.

Ils s'installèrent sous une tonnelle, un serveur vint prendre la commande. Elle mangea de bon appétit ; lui ne touchait presque pas aux plats. Elle s'énerva à décortiquer une queue de langouste et, n'y parvenant qu'à grand-peine, prit des mimiques d'enfant. Il ne put s'empêcher de rire. Elle rit également, et les traits de Richard se figèrent. Mon Dieu, pensa-t-il, à certains moments, elle semble presque heureuse ! C'est incroyable, injuste !

Elle avait saisi le changement d'attitude de Lafargue et décida donc d'exploiter la situation. Elle lui fit signe de se pencher vers elle, et chuchota à son oreille...

— Richard, écoute. Le serveur, là-bas, il ne me quitte pas des yeux depuis le début du repas. Je peux m'arranger pour plus tard...

— Taisez-vous !

— Mais si, je vais aux toilettes, je lui donne rendez-vous, et je me fais mettre tout à l'heure, dans un buisson.

Il s'était écarté d'elle, elle continua de chuchoter, plus fort, en ricanant.

— Non, tu ne veux pas ? En te cachant, tu pourras tout voir, je me débrouillerai pour me rapprocher de toi. Regarde-le, il en bave d'envie...

Il lui souffla la fumée de sa cigarette en plein visage. Mais elle ne se taisait toujours pas.

— Non ? Vraiment ? Comme ça, à la va-vite, en retroussant ma robe, tu aimais bien, pourtant, au début ?

« Au début », en effet, Richard amenait Ève dans les bois — Vincennes ou Boulogne — et la contraignait à se livrer aux passants de la nuit, observant sa déchéance, caché dans un taillis. Puis, par crainte d'une rafle de police qui aurait été catastrophique, il avait loué le studio de la rue Godot-de-Mauroy. Depuis, il prostituait Ève à intervalles réguliers deux ou trois fois par mois. Cela suffisait à apaiser sa haine.

— Aujourd'hui, dit-il, vous avez décidé d'être insupportable... Vous me feriez presque pitié !

— Je ne te crois pas !

Elle me provoque, pensa-t-il, elle veut me faire croire qu'elle s'est installée confortablement dans la fange où je la fais vivre, elle veut me faire croire qu'elle prend plaisir à s'avilir...

Elle poursuivait son jeu, risquant même un clin d'œil éloquent en direction du serveur qui rougit jusqu'aux oreilles.

— Venez, nous partons ! Tout cela a assez duré. Si vous tenez tant à me « faire plaisir », nous irons demain soir relever vos rendez-vous, ou peut-être vous demanderai-je de traîner un peu sur les trottoirs...

Ève sourit et lui prit la main pour ne pas perdre contenance ; il savait combien toutes ces étreintes tarifées lui étaient pénibles et combien elle souffrait à chaque fois qu'il la forçait à se vendre : parfois, lors de ces moments, il voyait, au travers du miroir sans tain du studio, ses yeux s'embuer de larmes, son visage se tordre de douleur contenue. Et il jubilait alors de cette souffrance qui était son seul réconfort...

Ils revinrent à la villa du Vésinet. Elle courut dans le parc, se dévêtit prestement et plongea dans la piscine en criant de joie. Elle s'ébattait dans l'eau, disparaissant sous la surface pour de rapides apnées.

Lorsqu'elle sortit du bassin, il l'enveloppa d'une grande serviette éponge et la frictionna vigoureusement. Elle se laissait faire en regardant les étoiles. Puis il la raccompagna jusqu'à son appartement où, comme tous les soirs, elle s'allongea sur la natte. Il prépara la pipe, les boules d'opium, et lui tendit la drogue.

— Richard, murmura-t-elle, tu es vraiment le plus grand salaud que j'aie jamais vu...

Il veilla à ce qu'elle termine sa dose quotidienne. Il n'avait pas besoin de l'y contraindre, elle ressentait le manque, depuis longtemps déjà...

*

Après la soif est venue la faim. Au dessèchement de ta gorge, à ces cailloux aux arêtes saillantes qui te déchiraient la bouche, sont venues se joindre des douleurs profondes, diffuses, dans ton ventre ; des mains qui te tordaient l'estomac, l'emplissant d'aigreurs et de crampes...

Depuis des jours, oh oui, pour avoir si mal, il fallait bien qu'il se soit écoulé tant de temps, depuis des jours tu croupissais dans ce réduit. Un réduit ? Non... il te semblait à présent que la pièce où tu étais détenu était assez vaste, sans que tu puisses l'affirmer avec certitude. L'écho de tes cris sur les murs, tes yeux habitués à l'obscurité te faisaient presque « voir » les parois de ta prison.

Tu délirais sans cesse, au fil des heures interminables. Avachi sur ton grabat, tu ne te levais plus. Par moments, tu enrageais contre tes chaînes, tu mordais le métal avec de petits grognements de bête sauvage.

Un jour, tu avais vu un film, un documentaire sur la chasse, des images pitoyables d'un renard à la patte prise dans un piège, et qui s'était rongé la chair, l'arrachant par lambeaux, jusqu'à ce que l'étreinte du piège devienne lâche. Alors, l'animal avait pu s'enfuir, mutilé.

Toi, tu ne pouvais mordre tes poignets ou tes chevilles. Ils étaient pourtant ensanglantés, à cause du frottement incessant de la peau contre le métal. C'était chaud et enflé. Si tu avais pu encore penser, tu aurais eu peur de la gangrène, de l'infection, de la pourriture qui allait t'envahir, remontant de tes membres.

Mais tu ne rêvais que d'eau, de torrent, de pluie, de n'importe quoi pourvu qu'on puisse le boire. Tu n'urinais plus qu'à grand-peine ; les douleurs dans les reins, à chaque miction, se faisaient de plus en plus violentes. Une longue brûlure descendant dans ton sexe, libérant quelques gouttes chaudes. Tu te vautrais dans tes excréments, séchés en croûte sur ta peau.

Ton sommeil, étrangement, était serein. Tu dormais lourdement, assommé de fatigue, mais le réveil était atroce ; peuplé d'hallucinations. Des créatures monstrueuses te guettaient dans le noir, prêtes à bondir sur toi, pour te mordre. Tu croyais entendre des raclements de pattes griffues sur le ciment, des rats, attendant dans le noir, t'épiant de leurs yeux jaunes.

Tu appelais Alex, et ce cri se réduisait à un raclement de gorge. S'il avait été là, il aurait arraché les chaînes, il aurait su comment faire. Alex aurait trouvé une solution, une ruse de paysan. Alex ! Il devait te chercher, depuis ta disparition. Depuis quand ? QUAND ?

Et Il est venu. Un jour ou une nuit, impossible de savoir. Une porte, là-bas, droit devant toi, s'est ouverte. Un rectangle de luminosité qui t'a tout d'abord aveuglé.

La porte s'est refermée, mais Il était entré, Sa présence emplissait l'espace de la prison.

Tu retenais ton souffle, guettant le moindre bruit, accroupi contre le mur, affolé comme un cafard surpris en pleine lumière. Tu n'étais plus qu'un insecte prisonnier d'une araignée repue, qui te gardait en réserve pour un repas à venir. Elle t'avait capturé pour te savourer en toute quiétude, quand l'envie lui viendrait de goûter ton sang. Tu imaginais ses pattes velues, ses gros yeux globuleux, implacables, son ventre mou, gorgé de viande, vibrant, gélatineux, et ses crocs venimeux, sa bouche noire qui allait te sucer la vie.

Brusquement, un projecteur puissant t'a aveuglé. Tu étais là, seul acteur sur la scène de ta mort prochaine, paré pour jouer le dernier acte. Tu distinguais une silhouette assise dans un fauteuil, à trois ou quatre mètres devant toi. Mais le contre-jour du faisceau du projecteur t'interdisait de discerner les traits du monstre. Il avait croisé les jambes, joint ses mains sous le menton, et te contemplait, inerte.

Tu as fait un effort surhumain pour te redresser et, à genoux, en faisant le geste de la prière, tu as demandé à boire. Les mots s'entrechoquaient dans ta bouche. Les bras tendus vers lui, tu implorais.

Il n'a pas bougé. Tu as balbutié ton nom : Vincent Moreau, erreur, Monsieur, il y a erreur, je suis Vincent Moreau. Et tu t'es évanoui.

Lorsque tu as repris conscience, il avait disparu. Alors, tu as su ce qu'était le désespoir. Le projecteur était toujours allumé. Tu as vu ton corps, les boutons sur ta peau, gorgés de pus, les striures de crasse, les éraflures causées par les chaînes, les plaques de merde séchée qui collaient à tes cuisses, tes ongles démesurément longs.

La lumière violente et blanche te faisait pleurer. Il s'est encore écoulé beaucoup de temps avant qu'il ne revienne. De nouveau, il s'est assis dans le fauteuil, face à toi. À ses pieds il avait déposé un objet que tu as reconnu tout de suite. Une cruche... D'eau ? Tu étais à genoux, à quatre pattes, la tête basse. Il s'est approché. Il a versé l'eau de la cruche sur ta tête, d'un seul coup. Tu as lapé la mare, sur le sol. Tu as lissé tes cheveux de tes mains tremblantes pour en faire couler l'eau que tu léchais sur tes paumes.

Il est allé chercher une autre cruche, que tu as bue d'un trait, avidement. Alors, dans ton ventre, une violente douleur s'est frayé un chemin ; et tu as fait sous toi, un long jet de diarrhée liquide. Il te regardait. Tu ne t'es pas tourné contre le mur, pour échapper à ses yeux. Accroupi à ses pieds tu t'es soulagé, heureux d'avoir bu. Tu n'étais plus rien, rien qu'une bête assoiffée, affamée et meurtrie. Une bête qui s'était appelée Vincent Moreau.

Il a ri, de ce rire enfantin que tu avais déjà entendu dans la forêt.

Il est revenu souvent pour te donner à boire. Il te semblait immense, dans le contre-jour du projecteur et son ombre envahissait la pièce, énorme et menaçante. Mais tu n'avais plus peur, puisqu'il te donnait à boire ; c'était là, pensais-tu, le signe qu'il comptait te garder en vie.

Plus tard, il a apporté une gamelle de fer-blanc, remplie d'une bouillie rougeâtre, où flottaient des boulettes de viande. Il a plongé sa main dans la gamelle, a saisi tes cheveux pour cambrer ta tête en arrière. Tu as mangé dans sa main, sucé ses doigts dégoulinant de sauce. C'était bon. Il t'a laissé continuer ton repas, à plat ventre, la face à demi plongée dans l'écuelle. Tu n'as rien laissé de la pâtée que ton maître venait de te donner.

Au fil des jours, la bouillie était toujours la même. Il venait dans ta prison, te donnait l'écuelle et la cruche, et te regardait bâfrer. Puis il s'en allait, toujours en riant.

Tu reprenais des forces, peu à peu. Tu économisais un peu d'eau pour te laver et tu faisais tes besoins au même endroit, à droite de la toile cirée.

L'espoir était revenu, insidieusement : le maître tenait à toi...

*

Alex sursauta violemment. Un bruit de moteur venait troubler le silence de la garrigue. Il regarda sa montre : sept heures du matin. Il bâilla, la bouche pâteuse, la langue alourdie par l'alcool — bière et ensuite gin — ingurgité durant la nuit afin de trouver le sommeil.

Il saisit les jumelles et les braqua sur la route. La famille de touristes hollandais s'était entassée au grand complet dans une land-rover, les enfants portaient des pelles et des épuisettes... Une journée à la mer en perspective. La jeune mère de famille était en bikini et ses seins lourds tendaient le tissu fin du maillot de bain. Alex souffrait d'une érection matinale... Depuis combien de temps n'avait-il pas eu de femme ? Au moins six semaines ? Oui, la dernière était une fille de ferme. C'était loin, déjà.

Elle s'appelait Annie, une copine d'enfance. Il la revoyait, avec ses cheveux roux, ses nattes, dans la cour de l'école. Dans une autre vie, presque oubliée, celle d'Alex le pécore, d'Alex le plouc. Peu avant d'attaquer la banque, il avait fait une visite à ses parents, toujours bouseux, eux !

Il était entré dans la cour de la ferme, un après-midi pluvieux, avec sa voiture, une Ford au moteur ronflant. Son père l'attendait sur le perron de la maison. Alex était fier de ses habits, de ses chaussures, de sa mise d'homme neuf, débarrassé de l'odeur incommodante de la terre.

Il boudait bien un peu, le père. Ce n'est pas un métier propre, de faire le fort du village dans les night-clubs. Mais ça devait bien rapporter : il en avait une allure, le fils ! Et ses mains, aux ongles manucurés, ça l'avait épaté, le père. Il s'était fendu d'un sourire accueillant.

Ils s'étaient assis tous les deux, face à face, dans la grande salle. Le père avait sorti le pain, le saucisson, le pâté et le litre de rouge, puis il avait commencé à manger. Alex s'était contenté d'allumer une cigarette, délaissant le canon servi dans un verre à moutarde. La mère les regardait, debout, en silence. Il y avait aussi Louis et René, les garçons de ferme. De quoi pouvaient-ils parler ? Du temps qu'il faisait, du temps qu'il allait faire ? Alex se leva, vint frapper affectueusement sur l'épaule du père, avant de sortir dans la grand'rue du village. Aux fenêtres des maisons, les rideaux remuaient furtivement : sournoisement, on guettait le passage du voyou, le fils Barny...

Alex entra dans le *Café des Sports* et, pour épater la galerie, offrit une tournée générale. Quelques vieux jouaient aux cartes, en cognant fort du poing sur la table pour abattre leur jeu, et deux ou trois gamins s'escrimaient sur un flipper. Alex était fier de sa réussite. Il serra des mains, but un coup à la santé de tout le monde.

Dans la rue, il croisa Mme Moreau, la mère de Vincent. C'était une belle femme, grande, élancée, élégante, auparavant. Mais depuis la disparition de son fils, elle s'était brusquement affaissée, ratatinée, ne se vêtait plus que grossièrement. Le dos voûté, la démarche traînante, elle faisait ses courses au Familistère.

Toutes les semaines, elle ne manquait pas sa visite rituelle à la gendarmerie de Meaux, pour demander où en étaient les recherches à propos de son fils. Depuis quatre ans, il n'y avait plus d'espoir. Elle avait fait passer des avis, avec la photo de Vincent, dans d'innombrables journaux, sans effet. Les gendarmes le lui avaient dit : des disparitions, il y en avait des milliers, en France, chaque année, et bien souvent, on ne retrouvait jamais rien. La moto de Vincent était dans le garage, les gendarmes l'avaient rendue, après l'avoir examinée. Les empreintes étaient celles de Vincent. On avait retrouvé l'engin gisant sur un talus, la roue avant voilée, sans essence... Dans la forêt, on n'avait relevé aucun indice...

Alex avait passé la nuit au village. Le soir, il y avait bal, c'était un samedi. Annie était là, toujours aussi rousse, un peu épaisse ; elle travaillait à la conserverie de haricots, au village voisin... Alex avait dansé un slow avec elle, avant de l'emmener dans le bois tout proche. Ils avaient fait l'amour dans sa voiture, allongés inconfortablement sur les sièges inclinables.

Le lendemain, Alex était parti, après avoir embrassé les vieux. Huit jours plus tard, il attaquait la succursale du Crédit Agricole et tuait le flic. Au village, tout le monde devait avoir gardé la page du journal, avec la photo d'Alex à la Une et celle du flic en famille.

Alex défit le pansement ; la cicatrice était chaude, les berges de la plaie rouge vif. Il aspergea sa cuisse de la poudre que lui avait donnée son copain puis refit le pansement en serrant bien fort la compresse, après l'avoir changée.

Sa verge était toujours dressée, presque douloureuse elle aussi. Rageusement, il se masturba en pensant à Annie. Il n'en avait jamais eu beaucoup, des filles. Il fallait qu'il les paie. Quand Vincent était encore là, tout allait mieux. Vincent tombait les nanas par tombereaux. Ils allaient souvent au bal, tous les deux. Vincent dansait, invitait toutes les minettes des environs. Alex s'installait au bar et buvait de la bière. Il regardait Vincent opérer. Vincent souriait aux filles, de son beau sourire. On lui aurait donné le bon dieu sans confession. Il avait un mouvement de la tête, gentil, une sorte d'invite, et ses mains couraient le long de leur dos, des hanches aux épaules, caressantes. Il les ramenait au bar pour les présenter à Alex.

Quand tout allait bien, Alex passait après Vincent, mais ça ne marchait pas toujours. Certaines ne pouvaient s'empêcher de jouer les mijaurées. Elles ne voulaient pas d'Alex, si fort, poilu comme un ours, costaud, solide... Non, elles préféraient Vincent, malingre et glabre, fragile, Vincent et sa belle gueule !

Alex se masturbait, perdu dans ses souvenirs. Sa mémoire, vacillante et laborieuse, lui faisait voir, en un défilé accéléré, toutes les filles qu'ils avaient ainsi partagées. Et Vincent, pensait-il, Vincent ce salaud m'a abandonné ; il est peut-être en Amérique, à se taper des actrices de cinéma !

Une photographie de femme nue — une illustration de calendrier — garnissait le mur peint à la chaux, à côté du lit. Alex ferma les yeux et le sperme coula dans sa main, chaud et crémeux. Il s'essuya avec une compresse et descendit à la cuisine pour préparer un café qu'il fit très fort. Tandis que l'eau chauffait, il se passa la tête sous le robinet en écartant les piles d'assiettes sales qui encombraient l'évier.

Il but lentement le bol fumant, en mâchonnant un reste de sandwich. Au-dehors, la chaleur était étouffante, le soleil déjà haut dans le ciel. Alex brancha la radio, R.T.L., pour écouter les jeux, « La Valise », avec Drucker. Il s'en foutait de la Valise mais c'était amusant d'entendre ces paumés qui ne savaient pas répondre à la question et perdaient ainsi l'argent promis et convoité...

Il s'en foutait, parce que lui n'avait pas perdu l'argent. Dans sa valise — ce n'était pas une valise, mais un sac — il y avait quatre millions. Une fortune. Il avait compté et recompté les liasses, les billets neufs, craquants. Dans le dictionnaire, il avait regardé qui étaient ces gens, au visage dessiné sur les billets. Voltaire, Pascal, Berlioz, c'était bizarre d'avoir sa photo sur un billet ; devenir soi-même un bout de fric, en quelque sorte !

Il s'allongea sur le canapé et reprit son jeu, un puzzle de plus de deux mille pièces. Un château de Touraine, Langeais. Il serait bientôt fini. Dans le grenier, le premier jour, il avait trouvé plusieurs boîtes de maquettes Heller. Avec la colle, la peinture, les décalcomanies, il avait fabriqué les Stukas, les Spitfire, une voiture aussi : une Hispano Suiza 1935. Elles étaient là, sur le plancher, posées sur leur support de plastique, soigneusement peintes. Ensuite, comme il n'y avait plus de maquettes, Alex avait construit la ferme de ses parents, les deux bâtiments, les dépendances, la grille... Les allumettes collées les unes aux autres formaient une réplique maladroite, naïve et touchante. Il ne manquait que le tracteur : Alex le découpa dans un morceau de carton. Puis, en fouillant mieux dans le grenier, il avait trouvé le puzzle.

Le mas où il se cachait appartenait à un de ses amis, rencontré dans la boîte de nuit dont il était videur. On pouvait y passer plusieurs semaines sans crainte de visite intempestive d'un quelconque voisin curieux. L'ami avait aussi fourni une carte d'identité, mais le visage d'Alex, désormais célèbre, devait être affiché dans tous les commissariats de l'hexagone, avec une mention spéciale. Les flics détestent que l'on tue l'un des leurs.

Les pièces du puzzle refusaient obstinément de s'imbriquer les unes dans les autres. C'était un morceau de ciel, tout bleu, très difficile à reconstituer. Les tourelles du château, le pont-levis, tout cela était facile, mais le ciel ? Vide et serein, trompeur... Alex s'énerva, mélangeant maladroitement les pièces, recommençant sans cesse son assemblage avant de le détruire.

Sur le plancher, tout près de la plaque de bois sur laquelle il avait installé le jeu, une araignée se promenait. Une araignée trapue, répugnante. Elle choisit un coin de mur et entreprit de tisser sa toile. Le fil coulait régulièrement de son abdomen rebondi. Elle allait et venait, attentive et laborieuse. Avec une allumette Alex brûla le morceau de toile qu'elle venait de fabriquer. L'araignée paniqua, observant les parages, guettant l'arrivée d'un éventuel ennemi, puis, le concept d'allumette n'étant pas inscrit dans ses gènes, se remit au travail.

Elle tissait, infatigable, nouant son fil, l'amarrant aux aspérités du mur, utilisant chaque écharde du bois. Alex ramassa un cadavre de moustique sur le plancher et le lança dans la toile toute neuve. L'araignée se précipita, tourna autour de l'intrus mais le dédaigna. Alex comprit la raison de cette indifférence : le moustique était mort. En boitillant, il sortit sur le perron et, délicatement, captura un papillon de nuit caché sous une tuile. Il le jeta dans la toile.

Englué dans les fils, le papillon se débattit. L'araignée reparut sans tarder et, de ses grosses pattes, retourna sa proie avant de tisser un cocon, enfermant l'insecte pour le ranger dans une anfractuosité du mur, en prévision d'un festin futur.

*

Ève était assise devant sa coiffeuse et contemplait son visage dans le miroir. Un visage enfantin, aux grands yeux tristes, en amande. De l'index, elle effleura la peau de sa mâchoire, perçut la dureté de l'os, la pointe du menton, le relief des dents à travers la masse charnue des lèvres. Les pommettes étaient saillantes, le nez en trompette, un nez à la courbe parfaite, délicatement modelé.

Elle tourna légèrement la tête, inclina le miroir, s'étonna de cette expression étrange que suscitait son image. Un trop-plein de perfection, une sensation de malaise due à un charme si éclatant. Elle n'avait vu aucun homme résister à son attrait, aucun rester indifférent à son regard. Non, aucun homme n'était capable de percer son mystère : une aura indéfinissable qui accompagnait chacun de ses gestes, les nappant d'un nuage d'incertitude envoûtante. Elle les attirait tous vers elle, captant leur attention, éveillant leur désir, jouant de leur trouble dès qu'ils se trouvaient en sa présence.

L'évidence de cette séduction l'emplissait d'une quiétude ambivalente : elle aurait voulu les repousser, les faire fuir, les détacher d'elle, provoquer la répugnance, et pourtant la fascination qu'elle exerçait sans le vouloir était sa seule vengeance ; dérisoire dans son infaillibilité.

Elle se maquilla puis sortit le chevalet de peinture de son étui, déploya les couleurs, les pinceaux, et se remit au travail sur la toile qu'elle avait en cours. Il s'agissait d'un portrait de Richard, lourd et grossier. Elle l'avait représenté assis sur un tabouret de bar, les cuisses écartées, travesti en femme, un fume-cigarette aux lèvres, vêtu d'une robe rose, les jambes parées d'un porte-jarretelles et de bas noirs ; des chaussures à hauts talons lui comprimaient les pieds...

Il souriait béatement, l'air plutôt niais. Ses seins, faux et ridicules, rembourrés de chiffons, pendaient lamentablement sur son ventre flasque. Son visage, peint avec une précision maniaque, était marqué de couperose... À voir la toile, on ne pouvait qu'imaginer la voix de ce personnage grotesque, pitoyable, une voix éraillée, voilée, une voix de poissarde fatiguée...

*

Non, ton maître ne t'avait pas tué, mais tu l'as regretté, ensuite. Il te traitait mieux, à présent. Il venait te donner des douches au jet. Il t'aspergeait d'eau tiède avec un tuyau d'arrosage, t'octroyant même un morceau de savon.

Le projecteur était allumé en permanence. Tu avais échangé la nuit pour un jour aveuglant, un jour artificiel, froid, interminable.

De longues heures durant, le maître venait te voir, s'asseyait dans un fauteuil, en face de toi, et il scrutait le moindre de tes gestes.

Au début de ces séances « d'observation », tu n'osais rien dire, de peur de réveiller sa colère, de peur que la nuit, la soif et la faim ne viennent de nouveau te punir de cette faute dont tu ignorais toujours la nature et qu'il te fallait, semblait-il, expier.

Puis tu t'es enhardi. Timidement tu as demandé quelle était la date, pour savoir depuis combien de temps tu étais enfermé ici. Il t'a répondu, sans attendre, en souriant : 23 octobre... Il te tenait prisonnier depuis plus de deux mois. Deux mois ici, à avoir faim, soif, et combien de temps à manger dans sa main, à laper la gamelle, étendu à ses pieds, à te faire doucher au jet ?

Tu as pleuré, demandé pourquoi il te faisait tout ça. Cette fois, il est resté muet. Tu voyais son visage impénétrable, couronné de cheveux blancs, un visage d'où se dégageait une certaine noblesse, un visage que, peut-être, tu avais déjà aperçu quelque part.

64

Il venait dans ta prison et restait là, assis, impassible. Il disparaissait pour revenir plus tard. Tes cauchemars du début de détention te laissaient en paix. Peut-être dissolvait-il des calmants dans la pâtée. Bien sûr, l'angoisse demeurait, mais elle s'était déplacée : tu étais certain de rester en vie, sinon, pensais-tu, il t'aurait déjà tué... Son but n'était pas de te faire agoniser, dépérir, racornir jusqu'à la mort. Il était autre.

Quelque temps après, le rituel de tes repas a été lui aussi modifié. Le maître disposait devant toi une table pliante et un tabouret. Il te donnait une fourchette, un couteau de plastique, comme ceux que l'on utilise dans les avions. Une assiette a remplacé l'écuelle. Et de vrais repas n'ont pas tardé à suivre : des fruits, des légumes, des fromages. Tu prenais un plaisir immense à manger, ressassant les souvenirs des premiers jours...

Tu étais toujours enchaîné mais le maître soignait les irritations provoquées par le frottement du métal sur tes poignets. Tu enduisais les plaies d'une pommade avant qu'il ne noue une bande élastique sur ta peau, sous le bracelet de fer.

Tout allait mieux, mais il ne disait rien. Toi, tu racontais ta vie. Il écoutait, intéressé au plus haut point. Tu ne pouvais supporter son silence. Il te fallait parler, répéter les histoires, les anecdotes sur ton enfance, t'abrutir de paroles afin de te prouver, de lui prouver, que tu n'étais pas un animal !

Plus tard encore, ton régime alimentaire s'est d'un coup amélioré. Tu avais droit au vin, à des mets raffinés qu'il devait faire livrer de chez un traiteur. La vaisselle était luxueuse. Enchaîné à ton mur, nu sur ton tabouret, tu t'empiffrais de caviar, de saumon, de sorbets et de gâteaux.

Il s'asseyait à tes côtés, te servant les plats. Il apportait un poste lecteur de cassettes et vous écoutiez Chopin, Liszt.

Quant au chapitre humiliant de tes besoins, il s'était là aussi montré plus humain. Un seau hygiénique était à ta disposition, à portée de main.

Un jour enfin, il t'a permis de quitter le mur, à certaines heures. Il défaisait tes chaînes et te promenait dans la cave, en te tenant en laisse. Tu tournais en rond, d'une démarche lente, autour du projecteur.

Pour que le temps passe plus vite, le maître est venu avec des livres. Les classiques : Balzac, Stendhal... Au lycée, tu détestais, mais là, seul dans ton trou, tu as dévoré ces ouvrages, assis en tailleur sur le grabat de toile cirée ou accoudé à la table pliante.

Peu à peu, tes loisirs s'étoffaient. Le maître prenait soin de varier les plaisirs. Une chaîne Hi-Fi, des disques, un jeu d'échecs électronique, même : le temps filait vite. Il avait réglé l'intensité du projecteur pour que la lumière ne t'aveugle plus. Une pièce de tissu tamisait l'éclair du spot, et la cave s'emplissait d'ombres : la tienne, multipliée.

Avec tous ces changements, devant l'absence de brutalité de la part du maître, ce luxe qui peu à peu venait soulager ta solitude, tu avais oublié ou tout du moins occulté ta peur. Ta nudité, les chaînes qui te liaient semblaient incongrues.

Et les promenades en laisse continuaient. Tu étais une bête cultivée, intelligente. Tu souffrais de trous de mémoire, à certains moments tu ressentais de façon aiguë l'irréalité de ta situation, son côté absurde. Oui, tu brûlais d'envie de questionner le maître, mais il n'encourageait pas tes interrogations, se bornant à s'inquiéter de ton confort. Que désirais-tu pour le souper, ce disque te plaisait-il ?

Où étaient le village, ta mère ? On devait te rechercher ? Les visages de tes amis s'estompaient dans tes souvenirs pour se fondre dans un brouillard dense. Tu ne pouvais plus te rappeler les traits d'Alex, la couleur de ses cheveux... Tu parlais à voix haute, seul, tu te surprenais à fredonner des mélodies enfantines, ton passé lointain revenait par bouffées violentes et confuses ; des images de ton enfance depuis longtemps oubliées resurgissaient soudain, étonnamment nettes pour s'évanouir à leur tour dans une brume floue. Le temps se dilatait, se rétractait, tu ne savais plus : une minute, deux heures, dix ans ?

Le maître a perçu ce malaise et pour l'endiguer t'a donné un réveil. Tu as compté les heures, observant avec ravissement la course des aiguilles. Le temps était fictif : était-il dix heures ou vingt-deux heures, mardi ou dimanche ? Cela n'avait pas d'importance ; de nouveau tu pouvais régulariser ta vie, à midi j'ai faim, à minuit sommeil. Un rythme, quelque chose à quoi se raccrocher.

Plusieurs semaines s'étaient écoulées. Dans les cadeaux du maître tu as trouvé un bloc de papier, des crayons, une gomme. Tu as dessiné, maladroitement au début, puis ton habileté ancienne est revenue. Tu brossais des portraits sans visage, des bouches, des paysages chaotiques, la mer, des falaises immenses, une main gigantesque faisait naître des vagues. Tu scotchais les dessins sur le mur, pour oublier le ciment nu.

Dans ta tête, tu avais donné un nom au maître. Tu n'osais l'employer en sa présence, bien entendu. Tu l'appelais « Mygale », en souvenir de tes terreurs passées. Mygale, un nom à consonance féminine, un nom d'animal répugnant qui ne cadrait pas à son sexe ni au raffinement extrême qu'il savait montrer dans le choix de tes cadeaux...

Mais Mygale car il était telle l'araignée, lente et secrète, cruelle et féroce, avide et insaisissable dans ses desseins, caché quelque part dans cette demeure où il te séquestrait depuis des mois, une toile de luxe, un piège doré dont il était le geôlier et toi le détenu.

Tu avais renoncé à pleurer, à te lamenter. Ta nouvelle vie n'avait, matériellement, plus rien de pénible. À cette époque de l'année — février ? mars ? — tu aurais dû être au lycée, pour la dernière année, et tu étais là, captif dans ce cube de béton. Et cette nudité était devenue une habitude. La pudeur s'était éteinte. Seules les chaînes étaient insupportables.

C'est probablement dans le courant de mai, à en croire ton décompte personnel, mais peut-être était-ce plus tôt, que s'est produit un événement étrange.

Sur ton réveil il était deux heures trente. Mygale est descendu te voir. Il s'est assis dans le fauteuil, comme à l'accoutumée, pour t'observer. Tu dessinais. Il s'est levé, est venu vers toi. Tu t'es redressé pour lui faire face, debout.

Vos deux visages se touchaient presque. Tu voyais ses yeux bleus, seuls éléments mobiles dans une face impénétrable, figée. Mygale a levé la main pour la poser sur ton épaule. Les doigts tremblants, il a remonté le long du cou. Il a palpé tes joues, ton nez, te pinçant doucement la peau.

Ton cœur battait la chamade. Sa main, chaude, est redescendue vers ta poitrine, elle s'est faite douce et agile pour courir sur tes côtes, ton ventre. Il tâtait tes muscles, ta peau lisse et glabre. Tu t'es mépris sur le sens de ses gestes. Gauchement tu as esquissé une caresse, toi aussi, sur son visage. Mygale t'a giflé violemment, en serrant les dents. Il t'a ordonné de te tourner et son observation s'est poursuivie, méthodiquement, durant plusieurs minutes.

Lorsque ce fut terminé, tu t'es assis, en massant ta joue encore cuisante du coup qu'il t'avait donné. Il a hoché la tête en riant et t'a passé la main dans les cheveux. Tu as souri.

Mygale est sorti. Tu ne savais que penser de ce

contact nouveau, une véritable révolution dans vos rapports. Mais cet effort de réflexion était angoissant et aurait exigé une dépense d'énergie mentale dont tu ne disposais plus depuis longtemps.

Tu as repris ton dessin, sans plus songer à rien.

II

Alex avait abandonné son puzzle. Il était sorti dans le jardin et sculptait un morceau de bois, une racine d'olivier. Le couteau érodait la masse sèche, élaborant peu à peu, copeau après copeau, une forme gauche mais de plus en plus précise, celle d'un corps de femme. Il portait un grand chapeau de paille pour se protéger du soleil. Une bière sous la main, il oubliait sa blessure, absorbé par ce travail minutieux. Alex, pour la première fois depuis bien longtemps, était détendu.

La sonnerie du téléphone le fit sursauter violemment. Il manqua se blesser avec la pointe de son Opinel, laissa tomber sa racine d'olivier et écouta, médusé. La sonnerie continuait. Incrédule, Alex courut vers le mas et se planta devant le combiné, les bras ballants : qui pouvait savoir qu'il était là ?

Il saisit son revolver, le colt qu'il avait pris sur le cadavre du flic après l'avoir descendu. L'arme était plus sophistiquée que celle qu'il possédait... En tremblant, il décrocha. Peut-être était-ce un commerçant du village, les P.T.T., quelque chose d'anodin, ou mieux : une erreur de numéro ! Il connaissait la voix. Celle de l'ex-légionnaire chez qui il s'était réfugié après l'attaque de la succursale du Crédit Agricole. En échange d'une somme rondelette, le type s'était débrouillé pour soigner Alex. Il n'y avait pas eu besoin d'extraire la balle qui était ressortie à l'arrière de la cuisse après avoir traversé le quadriceps. Il avait fourni les antibiotiques et les pansements. Une suture de la plaie à la va-vite : Alex avait souffert, mais le légionnaire avait juré que son expérience permettait de se dispenser des services d'un médecin ! De plus, Alex, fiché par la police, devait bien en passer par là pour s'en sortir : une consultation en bonne et due forme dans un service hospitalier n'était même pas envisageable.

La conversation fut brève, hachée : le propriétaire du mas venait de tomber dans une sombre histoire de prostitution et une perquisition en règle était à craindre dans les heures qui allaient suivre. Alex devait déguerpir au plus vite...

Il acquiesça, en balbutiant de nouveaux remerciements. Son correspondant raccrocha. Alex tourna en rond, le colt à la main. Il sanglotait de rage. Tout allait recommencer... la fuite, la traque, la terreur de la capture, les cheveux qui se hérissent à la vue du moindre képi.

Il rangea ses affaires à la hâte, transvasant son argent dans une valise. Il s'habilla en utilisant un costume de toile trouvé dans une armoire. La taille était un peu ample mais quelle importance ? Le pansement sur sa cuisse formait une bosse sous le tissu. Rasé de frais, il enfourna un sac dans le coffre de la voiture. Quelques vêtements de rechange, des affaires de toilette. Normalement, le signalement du véhicule ne devait pas encore figurer dans les fiches des flics. Il s'agissait d'une CX de location, réservée pour un mois, par le légionnaire qui avait affirmé que tout était en règle de ce point de vue.

Le colt rangé dans la boîte à gants, Alex démarra, laissant grandes ouvertes les grilles de la propriété entourant le mas. Sur la route, il croisa la famille hollandaise de retour de la plage.

Les grands axes grouillaient de voitures de touristes et des gendarmes embusqués derrière le moindre bosquet guettaient les éventuels contrevenants.

Alex suait à grosses gouttes. Ses faux papiers ne résisteraient pas à un examen un tant soit peu sérieux puisque sa photo était répertoriée dans les fichiers de recherche.

Il lui fallait remonter à Paris sans tarder. Là-bas, il lui serait plus facile de trouver une autre planque en attendant que la hargne policière se calme et que sa blessure soit totalement cicatrisée. Puis il faudrait envisager le moyen de quitter le territoire sans se faire pincer à la frontière. Pour aller où ? Alex l'ignorait... Il se rappelait les conversations furtives entendues lors des rencontres avec ses « amis ». L'Amérique latine, paraît-il, est un endroit sûr. Mais il fallait se méfier de tout le monde. Sa fortune pouvait tenter bien des gens : affaibli, blessé, paniqué, entraîné dans une aventure qui dépassait ses possibilités, il pressentait confusément que l'avenir risquait bien de ne pas être rose !

Il était terrorisé à la simple pensée de la prison. Ce jour où Vincent l'avait traîné au palais de Justice de Paris pour assister à un procès d'assises lui laissait un souvenir des plus angoissants qui le poursuivait implacablement : le prévenu s'était dressé dans le box à l'annonce du verdict et avait poussé un long hurlement plaintif à l'audition de la peine. Alex revoyait ce visage dans ses cauchemars, un visage tordu par la douleur et l'incrédulité. Il se jura de garder une balle pour lui-même, au cas où il viendrait à se faire prendre.

Il regagna Paris par de petites routes départementales, évitant les autoroutes et les grands axes à coup sûr quadrillés par les C.R.S., en cette période de vacances.

Il n'avait qu'un point de chute : l'ex-légionnaire — devenu gestionnaire d'une société de surveillance privée — qui l'avait déjà secouru lors de sa cavale désespérée consécutive au fiasco de la banque. Alex ne se faisait aucune illusion sur le désintéressement de son sauveur : il lorgnait sur le fric mais n'était pas trop pressé de le récupérer. Si les affaires d'Alex s'arrangeaient, si les billets s'avéraient négociables, tout devenait possible...

Il savait pertinemment qu'Alex était à sa merci, tant pour les suites de sa blessure que pour son départ à l'étranger. Perdu dans sa nouvelle vie, Alex ne traverserait pas la frontière pour se jeter à l'aveuglette dans les pattes d'Interpol...

Il n'était en contact avec aucune filière internationale offrant les garanties de sécurité nécessaires. Et il voyait venir le moment où son mentor annoncerait le tarif pour une disparition propre, un passeport crédible et une destination tranquille et discrète : un fort pourcentage du butin du hold-up !

Alex nourrissait une haine sans appel pour tous ces gens à l'aise dans leurs vêtements de bonne coupe, élégants, sachant parler aux femmes : il était resté un plouc, un pécore que l'on pouvait manipuler.

Il échoua dans un petit pavillon de banlieue, à Livry-Gargan, dans une des zones résidentielles de la Seine-Saint-Denis. Après l'y avoir installé, le légionnaire lui ordonna de ne pas bouger et Alex, comme lors de son arrivée au mas, trouva un congélateur rempli à ras bord, un lit, un poste de télé.

Il s'installa le plus confortablement qu'il put, n'utilisant qu'une seule pièce. Les pavillons voisins étaient pour une part inoccupés — en instance de location — ou habités par des employés de banque à la vie rangée, se levant tôt le matin et ne rentrant qu'en début de soirée. De plus, la période estivale avait dépeuplé la banlieue, dès le début du mois d'août. Alex prit ses aises, à demi rasséréné par le vide qui l'entourait. Le légionnaire insista pour qu'il reste cloîtré. Lui-même partait pour quelques semaines à l'étranger. Il ne reverrait son protégé qu'à son retour. Qu'Alex se tienne donc tranquille en attendant septembre. Télévision, préparation des repas congelés, siestes et réussites, telles étaient ses seules occupations...

III

Richard Lafargue recevait le représentant d'une firme pharmaceutique japonaise ayant mis au point un nouveau type de silicone couramment utilisé en chirurgie plastique lors de la mise en place de prothèses de seins. Il écoutait attentivement le petit bureaucrate vantant son produit, selon lui plus facile à injecter, plus maniable... Le bureau de Lafargue était encombré de dossiers d'interventions chirurgicales, les murs « ornés » de photos de plasties réussies... Le Japonais s'agitait en parlant.

On appela Richard au téléphone. Son visage s'assombrit, sa voix devint sourde, tremblante. Il remercia son correspondant de son appel, puis s'excusa auprès du représentant, qu'il était contraint de congédier. Ils fixèrent un nouveau rendez-vous, pour la journée du lendemain.

Lafargue quitta sa blouse et courut jusqu'à sa voiture. Roger l'attendait, mais il le renvoya chez lui, préférant conduire lui-même.

A vive allure, il se dirigea vers le périphérique et gagna le tronçon d'autoroute menant en Normandie. Il fonçait, klaxonnant rageusement quand une voiture ne se rangeait pas assez vite sur la file de droite alors qu'il voulait la doubler. Il mit moins de trois heures pour rejoindre l'institution psychiatrique où vivait Viviane.

Arrivé au château, il bondit hors de la Mercedes, escalada les marches menant à la réception. L'hôtesse partit chercher le psychiatre responsable du traitement de Viviane.

En sa compagnie, Richard monta dans l'ascenseur, se retrouva devant la porte de la chambre. Le psychiatre eut un geste pour lui indiquer le judas de plexiglas.

Viviane était en crise. Elle avait déchiré sa blouse et trépignait en hurlant, se griffant le corps, déjà marqué de raies sanglantes.

— Depuis quand ? souffla Richard.

— Ce matin... Nous lui avons fait une injection de calmants, qui ne devraient pas tarder à agir.

— Il... il ne faut pas la laisser comme ça. Doublez la dose, pauvre gosse...

Ses mains tremblaient convulsivement. Il s'appuya à la porte de la chambre, y posa son front, en se mordant la lèvre supérieure.

— Viviane, ma petite... Viviane... Ouvrez, je vais entrer.

— Ce n'est pas recommandé : la vue d'autrui l'excite encore davantage, risqua le psychiatre.

Épuisée, ahanant, accroupie dans un coin de la chambre, Viviane se labourait la face de ses ongles pourtant courts, y faisant perler le sang. Richard entra, vint s'asseoir sur le lit et, presque en murmurant, appela Viviane. Elle se remit à hurler, mais ne bougea plus. Elle était essoufflée et ses yeux fous roulaient en tous sens, elle retroussait ses lèvres, sifflait entre ses dents. Peu à peu, elle se calma, tout en restant consciente. Son souffle se fit plus régulier, moins heurté. Lafargue put la prendre dans ses bras pour la recoucher. Assis auprès d'elle, il lui tenait la main, lui caressait le front, l'embrassait sur les joues. Le psychiatre se tenait à l'entrée de la chambre, les mains dans les poches de sa blouse. Il s'approcha de Richard, lui prit le bras.

— Venez... dit-il, il faut la laisser seule.

Ils redescendirent au rez-de-chaussée et côte à côte firent quelques pas dans le parc.

— C'est terrible... balbutiait Lafargue.

— Oui... Vous ne devriez pas venir si souvent ; ça ne sert à rien et vous souffrez.

— Non ! Il faut... je dois venir !

Le psychiatre secoua la tête, ne comprenant pas l'acharnement de Richard à assister à ce spectacle lamentable.

— Oui... s'obstinait Lafargue, je viendrai ! A chaque fois ! Prévenez-moi, n'est-ce pas ?

Sa voix s'était brisée, il pleurait. Il serra la main du médecin et se dirigea vers sa voiture.

Richard roula encore plus vite pour regagner la villa du Vésinet. L'image de Viviane le poursuivait. Une image de corps meurtri et souillé : un cauchemar réel qui lui torturait la mémoire... Viviane ! Tout avait commencé par un long hurlement, couvrant la musique de l'orchestre, et Viviane était apparue, les vêtements déchirés, les cuisses dégoulinantes de sang, les yeux hagards...

Line était de congé. Là-haut, au premier étage, il entendit le piano. Il éclata de rire, vint se coller contre l'interphone et, à pleins poumons, hurla :

— Bonsoir ! Prépare-toi, tu vas me distraire ! cria-t-il.

Les baffles encastrées dans les parois du boudoir vibrèrent puissamment. Il avait mis le son au maximum. Le vacarme était insoutenable. Ève hoqueta de surprise. Cette sonorisation maudite demeurait la seule perversion de Lafargue à laquelle elle n'avait pu s'habituer.

Il la trouva affalée sur le piano, les mains serrées contre les oreilles encore douloureuses. Il se tenait dans l'embrasure de la porte, un sourire éclatant aux lèvres, un verre empli de scotch à la main.

Elle se tourna vers lui, horrifiée. Elle connaissait la signification de ces crises qui l'amenaient à surgir ainsi : depuis un an, Viviane avait eu trois accès d'agitation et d'auto-mutilation. Richard, blessé à vif, ne pouvait le supporter. Il lui fallait apaiser sa souffrance. Ève n'existait que pour remplir cette mission.

— Allez, viens, saloperie !

Il lui tendit le verre de scotch, puis, devant sa réticence à le saisir, agrippa les cheveux de la jeune femme pour lui tordre la tête en arrière. Elle dut ingurgiter le verre d'une traite. Il la prit par le poignet, la traîna jusqu'au rez-de-chaussée, la projeta à l'intérieur de la voiture.

Il était vingt heures quand ils entrèrent dans le studio de la rue Godot-de-Mauroy. Il l'expédia sur le lit d'un coup de pied dans les reins.

— Déshabille-toi, vite !

Ève se mit nue. Il avait ouvert le placard et déballait les vêtements, les jetant pêle-mêle sur la moquette. Debout face à lui, elle pleurait doucement. Il lui tendit la jupe de cuir, le corsage, les bottes. Elle s'habilla. Il lui montra le téléphone.

— Appelle Varneroy !

Ève eut un mouvement de recul, un hoquet de dégoût, mais le regard de Richard était terrible, démoniaque ; elle dut prendre le combiné et faire le numéro.

Après un moment d'attente, Varneroy répondit. Il reconnut aussitôt la voix d'Ève. Richard se tenait derrière elle, prêt à frapper.

— Chère Ève, roucoula la voix nasillarde, vous êtes remise de notre dernière rencontre ? Et vous avez besoin d'argent ? Comme c'est gentil de faire appel à ce vieux Varneroy !

Ève lui donna rendez-vous. Joyeux, il annonça sa venue, dans moins d'une demi-heure. Varneroy était un fou qu'Ève avait « levé » une nuit, boulevard des Capucines, du temps où Richard la contraignait encore à recruter ses clients sur le trottoir. Depuis, ils étaient suffisamment nombreux pour meubler la séance bimensuelle que réclamait Lafargue ; et parmi ceux qui téléphonaient au studio, Richard pouvait puiser de quoi satisfaire son besoin d'avilir la jeune femme.

— Tâchez d'être à la hauteur... ricana-t-il.

Il disparut, claquant la porte. Elle savait qu'il la guettait à présent, de l'autre côté du miroir sans tain.

Le traitement que lui infligeait Varneroy ne permettait pas de faire se succéder les visites à intervalles trop rapprochés. Ève ne l'appelait donc qu'à la suite des crises de Viviane. Varneroy admettait parfaitement les réticences de la jeune femme et, à plusieurs reprises éconduit à la suite de ses appels empressés, il s'était résigné à laisser un numéro où Ève pouvait le joindre lorsqu'elle était prête à se livrer à ses caprices.

Varneroy arriva tout guilleret. C'était un petit homme rose, bedonnant et soigné, affable. Il ôta son chapeau, rangea soigneusement sa veste et embrassa Ève sur les deux joues avant d'ouvrir sa sacoche contenant le fouet.

Richard assistait à cette mise en scène, satisfait, les mains crispées sur les bras du rocking-chair, le visage secoué de tics.

Sous la direction de Varneroy, Ève exécutait un pas de danse grotesque. Le fouet claqua. Richard battait des mains. Il riait aux éclats, mais soudain, pris de nausée, il ne put supporter davantage ce spectacle. La souffrance d'Ève, qui lui appartenait, dont il avait modelé le destin, façonné la vie, l'emplit de dégoût et

82

de pitié. La face ricanante de Varneroy le traumatisa si violemment qu'il bondit et fit irruption dans le studio mitoyen.

Stupéfait de cette apparition, Varneroy demeura bouche bée, le bras en l'air. Lafargue lui arracha le fouet, le saisit au col et l'expulsa dans le couloir. Le fou écarquillait les yeux, ne comprenant plus rien, et, muet de surprise, dévala les escaliers sans demander son reste.

Richard et Ève restèrent seuls. Elle était tombée à genoux. Richard l'aida à se redresser et à se laver. Elle remit le sweat-shirt et le jean qu'elle portait quand il l'avait surprise en hurlant dans l'interphone.

Sans un mot, il la reconduisit à la villa, la déshabilla, avant de l'étendre sur le lit. Avec des gestes très doux, prévenant, il enduisit ses blessures de pommade et lui prépara un thé brûlant.

Il la tenait contre lui, amenant à ses lèvres la tasse qu'elle buvait à petites gorgées. Puis il rabattit le drap sur sa poitrine, caressa ses cheveux. Un somnifère était dissous dans le thé : elle s'endormit aussitôt.

Il quitta la chambre, sortit dans le parc et se dirigea vers le plan d'eau. Les cygnes dormaient côte à côte, le cou replié sous l'aile, la femelle, gracile, douillettement blottie contre le corps plus imposant du mâle.

Il admirait leur quiétude, enviant cette sérénité lénifiante. Il pleura à chaudes larmes. Il avait tiré Ève des mains de Varneroy et comprenait à présent que cette pitié — il appela cela pitié — venait de briser net sa haine, une haine sans limite, sans retenue. Et la haine était sa seule raison de vivre.

*

Mygale jouait souvent aux échecs avec toi. Il réfléchissait longuement avant de risquer un coup auquel
tu ne t'attendais jamais. Parfois, il improvisait des
attaques sans souci de protection de son jeu, impulsif,
mais infaillible.

Un jour, il supprima les chaînes pour installer un
canapé à la place de ton grabat. Tu y dormais, tu t'y
prélassais toute la journée, allongé parmi les coussins
soyeux. La lourde porte de la cave restait solidement
cadenassée...

Mygale t'offrait des sucreries, des cigarettes de
tabac blond, il se renseignait sur tes goûts musicaux.
Vos conversations avaient un ton badin. Un babillage
mondain. Il t'avait offert un magnétoscope et apportait des films que vous regardiez ensemble. Il préparait du thé, te servait des tisanes ou, quand il te sentait
dépressif, débouchait une bouteille de champagne. Les
coupes à peine bues, il les remplissait de nouveau.

Tu n'étais plus nu : Mygale t'avait offert un châle
brodé, une pièce magnifique enveloppée dans un
paquet somptueux. De tes doigts fins, tu avais défait le
papier pour découvrir l'écharpe, et ce cadeau t'avait
procuré un grand plaisir.

Emmitouflé dans le châle, tu te pelotonnais sur les
coussins, fumant ces cigarettes américaines ou suçant
des bonbons mielleux, pour attendre la visite quotidienne de Mygale qui ne venait jamais les mains vides.

Sa générosité à ton égard ne semblait plus avoir de

limites. Un jour, la porte de la cave s'est ouverte. Il a poussé un colis énorme, monté sur roulettes, devant lui, en peinant. Il souriait en regardant le papier de soie, le ruban rose, le bouquet de fleurs...

Devant ton étonnement, il t'a rappelé la date : 22 juillet. Oui, il y avait dix mois que tu étais prisonnier. Tu avais vingt et un ans... Avec affectation, tu tournais autour de ce colis volumineux, tu applaudissais en riant. Mygale t'a aidé à dénouer le ruban. Tu as reconnu sans tarder la forme d'un piano : un Steinway !

Assis sur le tabouret tu as joué, après avoir dégourdi tes doigts hésitants. Ce n'était guère brillant, mais tu pleurais de joie...

Et toi, toi, Vincent Moreau, l'animal de compagnie de ce monstre, toi, le chien de Mygale, son singe ou sa perruche, toi qu'il avait brisé, toi, oui, toi, tu as embrassé sa main, en riant à gorge déployée.

Pour la seconde fois, il t'a giflé.

*

Alex se morfondait dans sa planque. Gavé de sommeil, les yeux bouffis, il passait ses journées devant la télé. Il préférait ne plus songer à son avenir et s'occupait comme il pouvait. À l'inverse de son séjour au mas, il faisait le ménage, la vaisselle, avec un soin maniaque. Tout était d'une propreté irréprochable. Il passait des heures à astiquer le parquet, à récurer des casseroles.

Sa cuisse ne le faisait presque plus souffrir. La

cicatrisation provoquait quelques démangeaisons irritantes mais la blessure n'était plus douloureuse. Une simple compresse avait remplacé le pansement.

Alex était installé depuis une dizaine de jours lorsqu'un soir il eut une idée de génie, ou, tout du moins, s'en persuada. Il regardait un match de foot à la télé. Le sport ne l'avait jamais beaucoup intéressé, à l'exception du karaté. Les seuls journaux qu'il lisait d'ordinaire étaient des revues spécialisées dans les arts martiaux. Il suivait néanmoins les pérégrinations du ballon rond consciencieusement malmené par les joueurs... Sommeillant devant ce spectacle, il sirotait un reste de vin. Il ne se leva pas pour éteindre le poste quand le match prit fin. Suivait une « médicale » sur la chirurgie plastique.

Le présentateur commentait un reportage sur les liftings, la chirurgie faciale. Suivait une interview du responsable d'un service spécialisé, à Paris : le professeur Lafargue. Alex écoutait, médusé.

— Le second temps, expliquait Lafargue en s'aidant d'un croquis, consiste en ce que nous appelons la « rugination » du périoste. Il s'agit d'une étape importante. Son but est, comme vous le voyez ici, de laisser le périoste adhérer à la face profonde de la peau afin de matelasser celle-ci...

Sur l'écran défilaient des photos de visages transformés, remodelés, sculptés, embellis. Les patients étaient méconnaissables. Alex suivit attentivement les explications, s'irritant de ne pas comprendre certains termes... Quand passa le générique, Alex nota le nom du médecin — Lafargue — et celui du service où il travaillait.

La photo, sur sa carte d'identité, l'hospitalité intéressée de son ami le légionnaire, son argent caché dans le grenier du pavillon, lentement mais sûrement, tout s'imbriquait !

Le type de la télé avait soutenu qu'une réfection du nez était une opération bénigne, ainsi que la résorption des tissus graisseux sur certains points du visage... Une ride ? Le scalpel pouvait l'effacer comme une gomme !

Alex courut jusqu'à la salle de bains, se regarda dans la glace. Il palpait son visage, cette bosse sur le nez, les joues trop pleines, le double menton...

Tout était simple ! Le médecin avait dit deux semaines — en deux semaines, on refait un visage ! — on efface et on recommence. Non, rien n'était simple : il faudrait convaincre ce chirurgien de l'opérer, lui Alex, truand recherché par les flics... Trouver un moyen de pression suffisamment fort pour le forcer à se taire, mener à bien l'opération et le laisser partir sans avertir la police. Un moyen de pression... Peut-être Lafargue avait-il des enfants, une femme ?

Alex lisait et relisait le morceau de papier sur lequel il avait inscrit le nom de Richard, les références du service hospitalier... Plus il y réfléchissait, plus son idée lui semblait excellente : sa dépendance vis-à-vis du légionnaire se verrait considérablement réduite si son visage se transformait. La police rechercherait un fantôme, un Alex Barny inexistant ; la sortie du territoire serait plus facile à négocier !

Alex ne dormit pas cette nuit-là. Le lendemain, il se leva aux aurores, fit une toilette rapide, se coupa les cheveux, repassa soigneusement le costume et la chemise qu'il avait rapportés du mas. La CX était dans le garage...

*

Mygale était adorable. Ses visites se faisaient plus longues. Il t'apportait les journaux, prenait souvent ses repas avec toi. Il faisait une chaleur suffocante dans la cave — c'était le mois d'août — et il a installé un frigo qu'il ravitaillait quotidiennement en jus de fruits. En plus du châle, ta garde-robe s'était étoffée d'une robe de chambre légère et de mules.

À l'automne, Mygale a commencé les piqûres. Il est descendu te voir, sa seringue à la main. Suivant son ordre, tu t'es allongé sur le canapé, découvrant tes fesses. L'aiguille s'est enfoncée d'un coup sec dans le gras de tes reins. Tu avais vu ce liquide translucide, légèrement rosé, dans le réservoir de la seringue, et à présent, il était en toi.

Mygale était très délicat et prenait soin de ne pas te blesser, mais le liquide te faisait mal, après l'injection. Puis il se diluait dans ta chair et la douleur disparaissait.

Tu n'as pas questionné Mygale sur ce traitement. Tout ton temps était occupé par le dessin, le piano et cette intense activité artistique te comblait. Peu importaient les piqûres, Mygale était si gentil.

Tu faisais des progrès rapides en musique. Mygale, empressé, passait des heures à fouiller les boutiques spécialisées à la recherche de partitions. Dans la cave s'empilaient les manuels et les livres d'art qui te servaient de modèle.

Un jour, tu lui as avoué ce surnom inquiétant. C'était à la fin d'un repas pris en sa compagnie. Le champagne t'avait un peu tourné la tête. Rouge de confusion, bégayant, tu lui as confié ta faute — tu as dit « ma faute » — et il a souri, indulgent.

Les piqûres se succédaient, régulières. Mais ce n'était qu'un faible désagrément dans ta vie oisive.

Pour ton vingt-deuxième anniversaire il a installé des meubles dans la cave ; le projecteur a disparu, remplacé par des abat-jour à la lumière douce. Au divan se sont ajoutés des fauteuils, une table basse, des poufs. Une moquette épaisse est venue couvrir le sol.

Depuis longtemps Mygale avait monté une douche pliante dans un coin de la cave. Un lavabo de camping a complété l'installation, ainsi qu'un siège hygiénique équipé d'un broyeur. Mygale a même pensé à un rideau, respectant ta pudeur. Tu as essayé le peignoir et boudé devant la couleur des serviettes de toilette. Mygale les a changées.

Confiné dans l'espace clos de la cave, tu rêvais d'espace, de vent. Tu as peint des fenêtres en trompe-l'œil sur les murs. À droite, un paysage montagneux apparaissait, gorgé de soleil et du blanc étincelant des neiges éternelles. Un spot halogène braqué vers les cimes nappait d'une clarté aveuglante cette ouverture factice sur la vie extérieure. À gauche, tu as enduit le béton d'un crépi bleu, imitant les vagues écumantes. Tout au fond, les rouges orangés d'un crépuscule flamboyant, très réussi, te remplissaient d'orgueil.

En plus des piqûres, Mygale te faisait avaler des médicaments multiples, des gélules multicolores, des pastilles sans saveur, des ampoules buvables. Les étiquettes avaient été arrachées des boîtes d'emballage... Mygale t'a questionné : étais-tu inquiet ? Tu as haussé les épaules et répondu que tu avais confiance. Mygale a caressé ta joue. Tu as alors saisi sa main pour y déposer un baiser, au creux de la paume. Il s'est raidi, l'espace d'un instant tu as cru qu'il allait de nouveau te frapper, mais ses traits se sont radoucis, et il t'a abandonné sa main. Tu t'es retourné pour ne pas lui laisser voir ces larmes de joie qui perlaient au coin de tes paupières...

Tu avais le teint pâle, à vivre ainsi privé de la lumière du jour. Alors Mygale a installé chez toi un banc surmonté d'une rampe lumineuse et tu as pris des bains de soleil. Tu étais heureux de voir ton corps acquérir une si jolie couleur cuivrée, un bronzage intégral, et tu montrais ces modifications spectaculaires de ton teint à ton ami, heureux lorsqu'il laissait lui aussi deviner sa satisfaction.

Les jours, les semaines, les mois coulaient, monotones en apparence, mais en fait riches de plaisirs multiples et intenses : la jouissance que tu éprouvais au piano ou en dessinant te comblait de joie.

Tout désir sexuel s'était éteint en toi. Tu as questionné Mygale à ce propos, très gêné. Il t'a avoué que ta nourriture contenait des substances amenant cet effet. C'était, disait Mygale, pour ne pas te tourmenter, puisque tu ne voyais personne en dehors de lui. Oui... tu comprenais très bien. Il t'a promis que bientôt, lors de ta sortie prochaine, avec une nourriture débarrassée de ces produits, tu éprouverais de nouveau le désir.

La nuit, seul dans la cave, tu caressais parfois ton sexe flasque, mais le dépit que tu ressentais s'évanouissait à la pensée de ta « sortie » prochaine. Mygale l'avait promis, tu n'avais donc pas à t'inquiéter...

IV

Alex roula prudemment jusqu'à Paris ; il prenait garde à ne pas commettre la moindre infraction. Il avait bien pensé à se déplacer en bus et en métro, mais cette idée était mauvaise : Lafargue, lui, utilisait à coup sûr une voiture, et il ne pourrait pas le suivre.

Alex s'installa en face de l'entrée de l'hôpital. Il était très tôt. Alex se doutait bien que le médecin ne venait pas prendre son service aux aurores, mais il lui fallait repérer les lieux auparavant, sentir le terrain... Sur un mur, tout près de la grille d'entrée, un grand panneau indiquait les services dont disposait l'hôpital, avec le nom des médecins. Lafargue figurait bien dans la liste.

Alex se promena dans la rue, serrant dans la poche de sa veste la crosse du colt du flic. Il s'assit ensuite à la terrasse d'un café d'où il était facile de guetter l'entrée du personnel de l'hôpital.

Vers dix heures enfin, une voiture s'arrêta au feu rouge, à quelques mètres de la terrasse où attendait Alex : une Mercedes conduite par un chauffeur. Alex reconnut immédiatement Lafargue, assis à l'arrière, lisant un journal.

La Mercedes patienta au feu rouge puis s'engagea dans l'allée menant au parking de l'hôpital. Alex vit Lafargue descendre. Le chauffeur resta un peu dans la voiture, puis, comme il faisait très chaud, il vint lui aussi s'installer à la terrasse du café.

Roger commanda un demi. Aujourd'hui, son patron avait une intervention importante et quitterait le service aussitôt après, pour gagner sa clinique de Boulogne où avait lieu une réunion.

La voiture de Lafargue était immatriculée 78, les Yvelines. Alex connaissait par cœur tous les numéros des départements ; d'ailleurs, lors de son isolement au mas, il s'amusait ainsi à se remémorer ces numéros, commençant par le 01, se les récitant dans l'ordre, jouant à se poser des colles ; dans le journal, on raconte qu'un vieillard de 80 ans s'est remarié : 80 ? 80, c'est la Somme...

Le chauffeur ne semblait pas pressé. Accoudé à la table de la terrasse, il faisait ses mots croisés, l'attention totalement absorbée par la grille. Alex régla sa consommation et pénétra dans le bureau de poste qui jouxtait l'hôpital. Il ne voyait plus la grille d'entrée, mais ce serait bien le diable, pensa-t-il, si le toubib se sauvait durant le quart d'heure suivant !

Il compulsa un bottin alphabétique. Lafargue est un nom courant, il y en avait des pages entières... Des Lafargue avec un s, sans s, avec un f, un seul... Les L-A-F-A-R-G-U-E avec un seul F et sans S étaient moins nombreux. Et les Lafargue médecins plus rares.

Trois, sur le département 78 ; l'un d'eux habitait à Saint-Germain, l'autre à Plaisir, le troisième au Vésinet. Le bon Lafargue était l'un des trois. Alex nota les trois adresses.

De retour au café, il constata que le chauffeur était toujours là. Lorsque midi arriva, le garçon prépara des tables pour le repas. Il semblait bien connaître le chauffeur puisqu'il lui demanda s'il déjeunait là aujourd'hui.

Roger répondit par la négative. Aujourd'hui, le Patron fonçait à Boulogne, tout de suite en sortant du bloc opératoire.

Effectivement, le chirurgien apparut bientôt. Il monta dans la Mercedes et le chauffeur prit place au volant. Alex suivit la voiture. Ils quittèrent le centre de Paris pour rejoindre Boulogne. La filature n'était pas trop compliquée. Alex connaissait en gros la destination.

Roger se gara devant une clinique et reprit ses mots croisés. Alex nota le nom de la rue sur un bout de papier. Il se méfiait de sa mémoire. L'attente fut longue. Alex faisait les cent pas autour du carrefour voisin en tâchant de ne pas trop se faire remarquer. Puis, assis dans un square, il continua d'attendre, sans quitter la Mercedes des yeux. Il avait laissé la portière de sa voiture ouverte, de façon à pouvoir démarrer sans retard en cas d'apparition intempestive du médecin.

La réunion de prévision des prochaines interventions dura un peu plus d'une heure. Richard ne desserra presque pas les dents. Il avait le teint blafard, les joues émaciées. Depuis la séance avec Varneroy, il vivait comme un automate.

Alex était entré dans un tabac pour se réapprovisionner en cigarettes quand Roger, apercevant Lafargue dans le hall de la clinique, ouvrit la portière arrière de la Mercedes. Il rejoignit la CX et démarra en se maintenant à bonne distance. Quand il vit que la direction prise était manifestement celle du Vésinet, il abandonna. Il était inutile de prendre le risque de se faire repérer alors qu'il avait l'adresse en poche...

Plus tard, il s'y rendit. La villa de Lafargue était imposante, ceinte d'un mur qui en masquait la façade. Alex inspecta les maisons alentour. La rue était déserte. Il ne pouvait s'attarder davantage. Il nota que les volets des villas voisines étaient clos. Le Vésinet s'était vidé de sa population pour le mois d'août... Il était seize heures, et Alex hésita. Il comptait inspecter la demeure du chirurgien le soir même, mais ne savait que faire en attendant. Faute de mieux, il se résolut à se promener dans la forêt de Saint-Germain, toute proche.

Il revint au Vésinet vers vingt et une heures et gara la CX à bonne distance de la rue où vivait Lafargue. La nuit commençait à tomber mais on y voyait encore clair. Il escalada le mur d'enceinte d'une villa proche afin d'observer le parc entourant celle de Lafargue. Il s'assit à califourchon sur le mur, à demi camouflé par le feuillage épais d'un marronnier dont les branches prospéraient en tous sens. De loin, on ne pouvait le voir, et, si des passants venaient à surgir dans la rue, il s'enfouirait complètement dans les branches.

Il aperçut le parc, l'étang, les arbres, la piscine. Lafargue soupait au-dehors, en compagnie d'une femme. Alex sourit. C'était un bon point de départ. Peut-être y avait-il des enfants ? Non... ils mangeraient avec leurs parents ! Ou bien ils étaient en vacances. Des enfants en bas âge, déjà couchés ? Lafargue était âgé d'une cinquantaine d'années, et ses enfants, s'il en avait, devaient au moins avoir atteint l'adolescence... Ils ne seraient pas au lit, à dix heures, un soir d'été ! D'ailleurs, aucune lumière n'était allumée ni au rez-de-chaussée ni à l'étage. Un lampadaire de jardin diffusait une clarté assez faible près de la table autour de laquelle le couple avait pris place.

Satisfait, Alex quitta son perchoir et sauta sur le trottoir. Il grimaça : sa cuisse encore fragile encaissait mal les chocs. Il retourna à la CX pour attendre l'obscurité complète. Il fuma nerveusement, allumant une nouvelle cigarette au mégot de la précédente. À vingt-deux heures trente, il revint vers la villa. La rue était toujours aussi vide. Au loin, un klaxon retentit.

Il longea le mur de la propriété de Lafargue. Tout au bout, il trouva sur le trottoir une grosse caisse de bois contenant des pelles, des râteaux, les outils des employés de la voirie municipale. Il y grimpa, se hissa sur le mur, opéra un rétablissement puis, en calculant sa chute, il atterrit dans le parc. Accroupi dans un bosquet, il attendit : s'il y avait un chien, il ne tarderait pas à se manifester. Aucun aboiement... Il scruta les arbustes autour de lui, tout en progressant contre le mur d'enceinte. Il cherchait un point d'appui praticable à l'intérieur du parc pour pouvoir escalader le mur en sens inverse, au retour... Près du plan d'eau, une fausse grotte de béton servait d'abri aux cygnes pour la nuit. Construite en appui contre le mur elle montait à plus d'un mètre. Alex sourit, et fit un essai. C'était un jeu d'enfant de sauter de nouveau dans la rue. Rassuré, il s'avança dans le parc et dépassa la piscine. Lafargue était rentré, les abords de la villa déserts. À l'étage, la lumière filtrait au travers des volets clos.

Une musique légère s'échappait des fenêtres. Du piano... Ce n'était pas un disque : le morceau s'arrêtait, revenait en arrière. De l'autre côté de la maison, d'autres fenêtres étaient éclairées. Alex se coula contre le mur, à l'abri du lierre qui masquait la façade : accoudé à l'une des balustrades de l'étage, Lafargue regardait le ciel. Alex retint son souffle. Plusieurs minutes s'écoulèrent ainsi et enfin, le médecin ferma la fenêtre.

Alex hésita longuement : fallait-il oui ou non prendre le risque d'entrer dans la maison ? Oui : il tenait à repérer les lieux, au moins vaguement, pour savoir où il mettrait les pieds quand il viendrait kidnapper la femme du chirurgien.

La maison était grande, et toutes les fenêtres de l'étage laissaient passer la lumière. Lafargue devait faire chambre à part d'avec sa femme. Alex savait cela : les bourgeois ne couchent pas toujours ensemble !

Le colt au poing, il grimpa les marches du perron, tourna le bouton de la porte ; il n'y eut pas de résistance. Il poussa le battant, doucement.

Il s'avança d'un pas. Une grande pièce, à gauche, une autre, à droite, séparées par un escalier... La chambre de la femme était à droite.

Une bourgeoise, ça ne se lève pas tôt le matin. Elle devait faire la grasse matinée tous les jours, cette garce ! Alex devrait guetter le départ de Lafargue et se précipiter pour la surprendre encore endormie.

Il referma la porte, sans bruit. Il courut sans bruit vers le plan d'eau, escalada la grotte et bascula par-dessus le mur. Tout était parfait. Il marchait à grands pas vers sa voiture. Mais non ! Tout n'était pas parfait : Roger, le chauffeur... celui-là faisait le larbin auprès de Lafargue, mais s'il y avait une bonne ? Une bonniche venant faire le ménage, ce serait désastreux de tomber sur elle !

Alex roulait vers le périphérique, toujours aussi respectueux du code de la route. Il était minuit quand il fut de retour dans son pavillon de Livry-Gargan.

*

De bonne heure le lendemain matin, il retourna au Vésinet. Dévoré d'inquiétude, il guetta la maison de Lafargue, persuadé de voir arriver un domestique supplémentaire. Il fallait capturer la femme de Lafargue sans témoins : le chirurgien capitulerait devant le chantage — ou tu me refais la gueule, ou je tue ta femme — mais si quelqu'un assistait au rapt, un larbin

99

quelconque, un jardinier, n'importe qui, il avertirait les flics sans tarder et le beau plan d'Alex tomberait à l'eau !

Alex avait de la chance. Lafargue employait bien une femme de chambre : Line était partie en congé deux jours plus tôt. Sur les cinq semaines que lui octroyait annuellement le médecin, elle en prenait trois en été, pour aller chez sa sœur dans le Morvan, et le reste en hiver.

Personne ne se présenta chez Lafargue, de toute la matinée. À demi rassuré, Alex fila vers Paris. Il tenait à vérifier les horaires du chirurgien. Peut-être ne travaillait-il pas tous les jours ? S'il s'accordait un jour de repos dans la semaine, autant le savoir tout de suite ! Alex comptait se renseigner auprès du secrétariat de son service, en utilisant un prétexte quelconque.

Le chauffeur attendait son patron, comme tous les jours, à la terrasse de la brasserie, en face de l'hôpital. Alex, assoiffé, commanda un demi au bar, et s'apprêtait à le savourer lorsqu'il vit Roger se lever précipitamment. Lafargue était sur le parking et appelait son chauffeur. Ils eurent une conversation rapide, à la suite de laquelle Roger donna les clefs de la Mercedes au chirurgien, avant de se diriger en maugréant vers le métro tout proche. Alex était déjà au volant de sa CX.

Lafargue roulait comme un fou. Il ne prenait pas la direction de Boulogne. Affolé, Alex le vit obliquer en direction du périphérique et de l'autoroute.

La perspective d'une filature sur une longue distance ne l'enchantait pas trop. Sans quitter des yeux les feux arrière de la Mercedes, il réfléchissait...

Lafargue a des gosses, se dit-il. Oui, ils sont en vacances, il vient de recevoir des mauvaises nouvelles, l'un d'eux est malade, il va le voir ? Pourquoi était-il sorti de son boulot plus tôt que d'habitude, renvoyant son larbin ? Ce salaud a peut-être une maîtresse ? Oui, ce doit être ça... Une maîtresse qu'il va voir comme ça, en pleine journée ? Que signifiait ce micmac ?

Lafargue fonçait, slalomant entre les voitures. Alex s'accrochait, suant de trouille à l'idée d'un contrôle de C.R.S., lors d'un péage... La Mercedes avait quitté l'autoroute. Une départementale sinueuse — qui ne l'amenait pas à ralentir l'allure — défilait à présent... Alex était près d'abandonner, de peur de se faire repérer, mais Lafargue ne jetait pas un seul coup d'œil sur son rétroviseur. Viviane était de nouveau en crise : le psychiatre avait appelé, comme promis. Richard savait ce que signifiait cette visite — la seconde en moins d'une semaine — à sa fille... Ce soir, lorsqu'il serait de retour au Vésinet, il ne demanderait pas à Ève d'appeler Varneroy... Ce n'était plus possible, après ce qui s'était produit ! Alors, comment se consolerait-il ?

La Mercedes se gara à l'entrée d'un château. Un panneau discret indiquait qu'il s'agissait d'une institution psychiatrique. Alex se gratta la tête, perplexe.

Richard monta sans attendre le psychiatre jusqu'à la chambre de Viviane. Le même spectacle l'attendait : sa fille en proie à une agitation désordonnée, trépignant, cherchant à se mutiler. Il n'entra pas dans la chambre. Le visage collé contre le judas, il sanglotait doucement. Le psychiatre, prévenu de son arrivée, vint le rejoindre. Il soutint Lafargue pour redescendre au rez-de-chaussée. Ils s'isolèrent dans un bureau.

— Je ne reviendrai plus, dit Lafargue. C'est trop dur. Insupportable, vous comprenez ?

— Je comprends...

— Elle n'a besoin de rien ? Du linge... Je ne sais pas...

— De quoi voulez-vous qu'elle ait besoin ? Ressaisissez-vous, monsieur Lafargue ! Votre fille ne sortira jamais de cet état ! Ne croyez pas que je sois insensible : vous devez l'accepter ainsi. Elle végétera longtemps, sa vie sera entrecoupée de crises comme celle à laquelle nous venons d'assister... Nous pouvons lui donner des calmants, l'assommer de neuroleptiques, mais, au fond des choses, nous ne pouvons rien tenter de sérieux, et vous le savez : la psychiatrie n'est pas la chirurgie. Nous ne pouvons pas modifier les apparences. Nous ne disposons pas d'outils « thérapeutiques » aussi précis que les vôtres...

Richard s'était apaisé. Il se reprit peu à peu, redevint distant.

— Oui... Vous avez sans doute raison.

— Je... je voudrais que vous me donniez votre accord : permettez-moi de ne plus vous prévenir, quand Viviane...

— Oui, coupa Richard, n'appelez plus...

Il se leva, salua le psychiatre et remonta dans sa voiture. Alex le vit sortir du château. Il ne démarra pas. Il y avait 99 % de chances pour que Lafargue rentre au Vésinet, à Boulogne ou à l'hôpital.

102

Alex partit déjeuner au village voisin. La place était encombrée de manèges forains en cours de montage. Il réfléchissait. Qui vivait dans ce trou à rats, là-bas, chez les fous ? Si c'était un gamin, Lafargue devait l'aimer, pour courir le visiter comme ça, à l'improviste, en abandonnant son boulot ?

Alex s'enhardit brusquement, repoussa son assiette encore à demi remplie de frites huileuses, demanda l'addition. Il acheta un gros bouquet de fleurs, une boîte de bonbons, et se rendit chez les fous.

L'hôtesse l'accueillit dans le hall.

— Une visite pour un malade ? demanda-t-elle.

— Heu... oui !

— Quel nom ?

— Lafargue.

— Lafargue ?

Au visage stupéfait de l'hôtesse, Alex crut qu'il avait gaffé. Il s'imaginait déjà Lafargue ayant une infirmière pour fous comme maîtresse...

— Mais... vous n'êtes jamais venu voir Viviane ?

— Non, c'est la première fois... Je suis un cousin.

L'hôtesse le dévisageait avec surprise. Elle hésita un moment.

— Ce n'est pas possible de la voir aujourd'hui. Elle ne va pas bien. Monsieur Lafargue ne vous a pas prévenu ?

— Non, je devais, enfin, ma visite était pourtant prévue depuis longtemps...

— Je ne comprends pas : c'est idiot, le père de Viviane était là il y a moins d'une heure...

— Il n'a pas pu m'avertir : je suis parti depuis ce matin.

L'hôtesse hocha la tête, haussa les épaules. Elle s'empara des fleurs et des bonbons, les déposa sur son bureau.

— Je lui donnerai tout ça plus tard, aujourd'hui ce n'est pas la peine. Venez.

Ils prirent l'ascenseur. Alex la suivait, les bras ballants. Arrivée devant la chambre, elle lui désigna le judas. Alex sursauta en voyant Viviane. Elle gisait dans un coin de la chambre et fixait la porte d'un air mauvais.

— Je ne peux pas vous laisser entrer... Vous comprenez ?

Alex comprenait. Il avait les paumes moites et la nausée. Il observa encore la folle et pensa l'avoir déjà vue quelque part. Mais c'était sans doute une illusion.

Il quitta rapidement la maison des fous. Même si Lafargue adorait cette dingue, il ne la kidnapperait jamais ! Autant se jeter tout de suite dans les bras des flics. Et puis comment faire ? Prendre le château d'assaut ? Comment ouvrir la cellule ? Non... Ce serait la femme de Lafargue qui servirait d'otage.

Il regagna la région parisienne en roulant sagement. Il était déjà tard quand il fut de retour dans sa planque, à Livry-Gargan.

*

Le lendemain matin, il reprit sa faction près de la villa de Lafargue. Il était tendu, anxieux, mais n'avait pas vraiment peur. Toute la nuit, il avait ruminé son projet, imaginant les conséquences de la transformation de son visage.

Roger arriva à huit heures, seul, à pied, *L'Équipe* sous le bras. Alex était garé à cinquante mètres de la grille d'entrée. Il savait qu'il allait encore lui falloir attendre ; Lafargue avait l'habitude de se rendre à l'hôpital pour dix heures.

Vers neuf heures trente, la Mercedes stoppa devant la grille. Roger descendit pour l'ouvrir, fit sortir la voiture, s'arrêta de nouveau pour fermer le battant, le claqua. Alex poussa un profond soupir en voyant Lafargue s'éloigner.

L'idéal était de surprendre la garce en plein sommeil. Il était nécessaire d'agir sans tarder. Alex n'avait vu aucun autre domestique durant les jours précédents, mais on n'est jamais sûr de rien... Il démarra et vint se garer juste en face de chez Lafargue. Il actionna la poignée de la grille et, le plus naturellement du monde, s'avança dans le parc.

Il marchait vers la maison, la main dans la poche, le poing crispé sur la crosse du colt. Les volets de l'appartement de droite étaient clos et Alex s'étonna d'un détail qu'il n'avait jusqu'alors pas remarqué : ils étaient fermés de l'extérieur, comme si les fenêtres étaient condamnées. Pourtant, c'était bien là qu'il avait vu de la lumière, de là que s'échappait la musique du piano.

Il haussa les épaules et continua son inspection. Il avait fait le tour complet de la villa et se trouvait à présent face au perron. Il inspira profondément et ouvrit la porte. Le rez-de-chaussée était bien tel qu'il l'avait vu la veille au soir : un grand salon, une biblio-thèque-bureau, et au centre, l'escalier menant à l'étage. Il escalada les marches, en retenant son souffle, le colt à la main.

On entendait chantonner de l'autre côté de la porte, cette porte close par trois verrous ! Alex, incrédule, pensa que le chirurgien était fou d'enfermer sa femme... Ah non, c'était peut-être une salope, il avait raison de se méfier... Avec délicatesse, il fit jouer le premier verrou. La femme chantonnait toujours. Le second verrou... Le troisième. Et si la serrure était fermée à clé ? Le cœur battant, il tourna le pêne. La porte s'ouvrit lentement, sans faire grincer les gonds.

La garce, assise devant sa coiffeuse, se maquillait. Alex se plaqua contre le mur, pour ne pas apparaître dans le miroir. Elle lui tournait le dos, nue, l'attention absorbée par son maquillage. Elle était belle, sa taille était fine, ses fesses — écrasées sur le tabouret — musclées. Alex se baissa pour poser son colt sur la moquette et, d'un bond, se jeta sur elle en abattant son poing sur la nuque penchée.

Il avait dosé la force, en expert. À Meaux, dans la boîte de nuit dont il était le videur, il y avait fréquem-ment des esclandres. Il calmait rapidement les fauteurs de troubles. Un coup sec, assené sur le crâne, et il ne restait plus qu'à traîner les joyeux drilles sur le trot-toir.

Elle gisait, inerte, sur le tapis. Alex tremblait. Il tata le pouls, eut envie de la caresser, mais ce n'était vraiment pas le moment. Il redescendit l'escalier. Au bar, il s'empara d'une bouteille de scotch et but une longue rasade, au goulot.

Il sortit de la villa, ouvrit grande la grille et, maîtrisant son envie de galoper, rejoignit la CX qu'il fit démarrer. Il la gara dans le parc, juste devant le perron de la villa. Il courut jusqu'à la chambre. La femme n'avait pas bougé. Il la ligota soigneusement avec une cordelette qu'il avait rapportée du coffre de la CX et la bâillonna avec du sparadrap, avant de l'envelopper dans le couvre-lit.

Il la prit dans ses bras pour la descendre au rez-de-chaussée et l'enferma dans le coffre. Il but une seconde fois à la bouteille, qu'il abandonna, vide, par terre. Installé au volant, il démarra. Dans la rue, un couple âgé promenait un chien, mais ils ne prêtèrent aucune attention à lui.

Il prit la route de Paris, qu'il traversa d'ouest en est pour regagner Livry-Gargan. Il fixait son rétro ; personne ne le suivait.

Arrivé chez lui, il ouvrit le coffre et transporta Mme Lafargue à la cave, toujours enveloppée dans le couvre-lit. Pour plus de sûreté, il relia la cordelette à un antivol de moto, une grosse chaîne gainée de plastique, et enroulée autour d'une canalisation d'eau.

Il éteignit la lumière et quitta la cave pour revenir peu de temps après, avec une casserole remplie d'eau glacée qu'il versa sur la tête de la jeune femme. Elle se mit à gigoter mais ses mouvements étaient entravés par la corde. Elle gémissait, sans pouvoir crier. Alex sourit dans le noir. Elle n'avait pas vu son visage et ne pourrait donc pas le décrire lorsqu'il la relâcherait. S'il la relâchait. Oui, après tout, le chirurgien le verrait, lui, son visage. Il pourrait en faire un portrait-robot, une fois l'opération terminée. Lafargue pourrait dépeindre le nouveau visage d'Alex... Alex qui avait tué un flic et kidnappé la femme du professeur Lafargue ! Bien, se dit Alex, l'important pour l'instant, c'est de forcer ce type à m'opérer, ensuite, on verra. Il faudrait sans doute tuer Lafargue et sa femme, ensuite.

Il remonta dans sa chambre, heureux de la réussite de la première partie de son plan. Il attendrait le soir, le retour de Lafargue au Vésinet, sa surprise devant la disparition de la garce pour rejoindre le chirurgien et lui annoncer le marché. Il faudrait jouer serré ! Ils allaient voir, tous ces porcs, qui était Alex !

Il se servit un verre de vin, claqua la langue après avoir bu. Et puis la garce, il comptait bien se la faire, hein, pourquoi pas ? Autant joindre l'utile à l'agréable !

Patience, se dit-il, occupe-toi d'abord de Lafargue, ensuite, tu verras, pour la gaudriole...

Troisième partie

LA PROIE

I

C'est horrible ! Tout recommence... Tu ne comprends rien, ou plutôt, tu crains de trop bien comprendre : cette fois, Mygale va te tuer !

Depuis trois jours, il ne t'a pas adressé la parole. Il t'apportait tes repas dans la chambre, évitant même de te regarder... Lorsqu'il avait fait irruption dans le studio pour mettre fin aux coups de fouets que t'assenait ce fou de Varneroy, tu en étais restée stupéfaite. Il craquait, c'était la première fois qu'il montrait sa pitié. En rentrant au Vésinet, il était tendre, attentif à tes souffrances. Il a enduit les plaies de pommade et tu as vu, interloquée, ses yeux s'embuer de larmes...

Puis, ce matin, tu l'as entendu partir à l'hôpital. Et il est revenu, sans te prévenir, a bondi sur toi, t'a assommée et te voilà de nouveau prisonnière, dans la cave, enchaînée dans le noir.

L'enfer va revenir, exactement comme il y a quatre ans, après ta capture dans la forêt.

Il va te tuer, ce Mygale devenu fou, encore plus fou qu'avant. Oui, Viviane a eu une nouvelle crise, il est allé la voir en Normandie ; et il n'a pas supporté. Il ne lui suffit plus de te prostituer. Que va-t-il inventer ?

Pourtant, ces derniers mois, il avait beaucoup changé. Il n'était plus aussi méchant. Bien sûr, il hurlait toujours dans son maudit interphone, pour te surprendre...

Après tout, mieux vaut mourir. Tu n'as jamais eu le courage de te suicider. Il a anéanti en toi toute velléité de révolte. Tu es devenu sa chose ! Tu es devenue sa chose ! Tu n'es plus rien !

Tu rêvais souvent de te sauver, mais pour aller où, dans un tel état ? Revoir ta mère, tes amis ? Alex ? Qui te reconnaîtrait ? Mygale a réussi... Il t'a liée à lui pour toujours.

Tu espères que ce toujours aura une fin rapide. Qu'il en finisse, qu'il cesse de te manipuler !

Il a solidement noué la corde, tu ne peux pas bouger. Le ciment de la cave t'écorche la peau. La corde t'irrite les seins et les comprime. Ils sont douloureux.

Tes seins...

*

Tes seins... Il avait mis un soin fou à les faire naître. Quelque temps après le début des piqûres, ils ont commencé à pousser. Tu n'y as pas pris garde au début, attribuant l'apparition de ces amas graisseux à la vie indolente que tu connaissais. Mais, à chacune de ses visites, Mygale palpait ta poitrine, et hochait la tête. Il n'y avait pas de doute. Horrifié, tu as vu ta poitrine gonfler, prendre forme. Jour après jour tu épiais la progression de cette croissance de tes mamelons et tu étreignais ton sexe toujours aussi désespérément flasque. Tu pleurais souvent. Mygale te rassurait. Tout allait bien. Te manquait-il quelque chose ? Que pouvait-il t'offrir que tu n'avais déjà ? Oui, il était si gentil, si prévenant.

Tu as cessé de pleurer. Pour oublier, tu peignais, tu passais de longues heures au piano. Rien ne changeait, Mygale venait de plus en plus souvent. C'était ridicule. Vous vous connaissiez depuis deux ans, il avait anéanti ta pudeur ; au début de ton enfermement, tu faisais tes besoins devant lui et ces seins, tu les lui cachais. Tu rajustais constamment ta robe de chambre pour diminuer l'échancrure du décolleté. Mygale t'a fait essayer un soutien-gorge. Il était inutile : tes mamelons, durs, fermes, pouvaient s'en passer. Mais c'était mieux ainsi. Un soutien-gorge, un corsage : tu étais plus à l'aise.

Comme les chaînes, la cave, les piqûres, l'habitude de ce nouveau corps s'est peu à peu installée, jusqu'à te devenir familière. Et puis, à quoi bon penser ?

Et tes cheveux... Au début, Mygale te les coupait. Ensuite, il les a laissés pousser. Était-ce l'effet des piqûres, des gélules, des ampoules ? Ils avaient gonflé, Mygale te donnait des shampooings, il t'a offert un nécessaire à brushing. Tu as pris plaisir à les soigner. Tu essayais diverses coiffures, le chignon, la queue de cheval, enfin tu les a fait boucler et depuis tu ,es portes ainsi.

Il va te tuer. Il fait chaud dans la cave, voilà la soif

qui revient... *Tout à l'heure, il t'a aspergée d'eau glacée mais tu n'as pas pu boire.*

Tu attends la mort ; plus rien n'a d'importance. Tu te souviens le lycée, le village, les filles-les filles... Ton copain Alex. Tu ne reverras plus jamais tout cela, tu ne reverras jamais plus rien. Tu t'étais habitué à la solitude : ton seul compagnon était Mygale. Par moments, tu avais des bouffées de nostalgie, des accès de dépression. Il te donnait des calmants, te couvrait de cadeaux, le salaud, tout ça pour t'amener là...

Pourquoi attend-il ? Il doit mijoter des raffinements de cruauté, une mise en scène de ton assassinat... Va-t-il te tuer lui-même ou te livrer aux mains d'un quelconque Varneroy ?

Non ! Il ne peut plus supporter que d'autres te touchent, t'approchent, tu l'as bien vu quand il a frappé ce fou de Varneroy ! Il te faisait mal, avec son fouet.

Peut-être est-ce ta faute ? Tu te moquais de lui, ces derniers temps... Dès qu'il entrait dans la chambre, si tu étais installée au piano, tu lui jouais « The Man I love », cet air qu'il hait. Ou bien, et c'était plus pervers, tu le provoquais. Il vit seul, depuis de longues années. Peut-être avait-il une maîtresse ? Non... il est incapable d'amour.

Tu as remarqué ce trouble qui le gagnait lorsqu'il te voyait nue. Tu es certaine qu'il avait envie de toi mais qu'il répugnait à te toucher, évidemment, il faut le comprendre. N'empêche, il te désirait. Tu restais tout le temps nue dans ta chambre, une fois, tu t'es tournée vers lui, assise sur le tabouret pivotant du piano, tu as écarté les cuisses, lui ouvrant ton sexe. Tu as vu sa pomme d'Adam s'agiter, il a rougi. C'est ça, qui l'a rendu encore plus fou : d'avoir envie de toi, après tout ce qu'il t'a fait. D'avoir envie de toi, en dépit de ce que tu es !

Combien de temps va-t-il te laisser pourrir dans cette cave ? La première fois, après la poursuite dans la forêt, il t'a laissé huit jours, seul, dans l'obscurité. Huit jours ! Il te l'a avoué par la suite.

Oui, si tu n'avais pas joué de son désir, peut-être ne se vengerait-il pas ainsi, aujourd'hui ?

Mais si, c'est absurde, de penser cela... C'est à cause de Viviane, Viviane folle à lier depuis quatre ans... Plus le temps passe, plus l'évidence de son incurabilité s'impose... Et il ne peut s'y résoudre. Il ne peut admettre que cette loque soit sa fille. Quel âge a-t-elle, à présent ? Elle avait seize ans, elle en a vingt. Et toi, tu en avais vingt, tu en as vingt-quatre...

Mourir à vingt-quatre ans, ce n'est pas juste. Mourir ? Mais tu es déjà mort, il y a deux ans. Vincent est mort il y a deux ans. Le fantôme qui lui survit n'a pas d'importance.

Ce n'est qu'un fantôme, mais il peut encore souffrir, à l'infini. Tu ne veux plus qu'il te tripote, oui, c'est le mot, tu es lasse de ces manœuvres, de ces manipulations malsaines. Tu vas encore souffrir. Dieu sait ce qu'il est capable de manigancer ! C'est un expert en torture, il te l'a prouvé.

Tu trembles, tu as envie de fumer. L'opium te manque, hier, il t'en a donné, tu l'as pris. Ce moment, toujours le soir, où il vient te voir, prépare les pipes, c'est un de tes grands plaisirs. La première fois, tu as vomi, écœuré. Mais il a insisté. C'était le jour où tu n'as pu reculer devant l'évidence : tes seins poussaient ! Il t'a surpris, seul dans la cave, à pleurer. Pour te consoler, il t'a proposé un nouveau disque. Mais tu lui as montré tes seins, la gorge nouée, tu ne pouvais plus parler. Il est sorti pour revenir quelques minutes plus tard avec le nécessaire : la pipe, les petites boules graisseuses. Un cadeau empoisonné. Mygale est une araignée au venin multiple. Tu t'es laissé convaincre et depuis c'est toi qui lui réclames la drogue, s'il en vient à oublier ce rituel quotidien. Ton dégoût des premiers jours devant l'opium est bien loin. Un jour, après avoir fumé, tu t'es endormi dans ses bras. Tu exhalais les dernières bouffées de la pipe ; il te tenait contre lui, assis à tes côtés sur le sofa. Machinalement, il te caressait la joue. Sa main flattait ta peau lisse. Involontairement, tu l'avais aidé à te transformer : tu n'avais jamais eu de barbe. Quand vous étiez gamins, toi et Alex, vous guettiez la venue de poils, d'un duvet sur la lèvre. Très vite, Alex a pu faire pousser une moustache, d'abord éparse puis plus fournie. Toi, tu restais totalement glabre. Un détail de moins à régler, pour Mygale. Mais, il te l'a dit, ça n'avait aucune importance ! Les injections d'œstrogène t'auraient de toute façon rendu imberbe. Malgré tout, tu t'en voulais de répondre si bien à son attente, avec ta belle gueule de fille, comme disait Alex...

Et ce corps si fin, aux attaches frêles, a rendu fou Mygale. Il t'a demandé, un soir, si tu étais homo-

sexuel, aussi. Tu n'as pas compris le « aussi ». Non, tu n'étais pas homo. Non pas que la tentation, parfois, ne t'ait pas effleuré, mais non, ça ne s'était pas fait vraiment. Mygale ne l'était pas, lui, comme tu l'avais tout d'abord cru. Oui... ce jour où il est venu vers toi, pour te palper. Tu as confondu examen et caresses. Tu étais encore enchaîné, rappelle-toi, c'était tout au début. Timidement, tu as tendu la main vers lui. Et il t'a frappé !

Tu en es resté interloqué. Pourquoi te tenait-il captif, sinon pour se servir de toi, t'utiliser comme jouet sexuel ? C'était la seule explication que tu avais trouvée à ce traitement qu'il te fallait subir... Un sale pédé maniaque voulant disposer d'un mignon apprivoisé ! La rage t'a saisi à cette pensée, puis tu t'es dit : peu importe, je jouerai le jeu, qu'il me fasse ce qu'il veut, un jour, je m'enfuirai, je reviendrai avec Alex, et on lui éclatera la gueule !

Mais c'est un autre jeu que tu as joué, petit à petit, à ton insu. Celui dont Mygale avait fixé les règles : le jeu de l'oie de ta déchéance... Une case/souffrance, une case/cadeau, une case/piqûres, une case/piano... Une case/Vincent, une case/Ève !

*

Lafargue avait eu un après-midi épuisant : une intervention de plusieurs heures, un enfant brûlé à la face dont la peau du cou s'était rétractée et à qui il fallait greffer patiemment des lambeaux.

Il congédia Roger à sa sortie de l'hôpital et rentra

seul au Vésinet, s'arrêtant en chemin chez un fleuriste auquel il fit confectionner une gerbe magnifique.

Quand il vit la porte grande ouverte, à l'étage, l'entrée de l'appartement d'Ève déverrouillée, il en laissa tomber ses fleurs et courut jusqu'au premier, affolé. Le tabouret du piano était renversé, un vase brisé. Une robe et des sous-vêtements traînaient par terre, le couvre-lit avait disparu. Des chaussures à hauts talons, l'une à demi écrasée, avaient été oubliées là, près du lit.

Richard se souvint d'un détail étonnant : la grille d'entrée était grande ouverte, alors que, le matin, Roger l'avait refermée. Un livreur ? Line avait sans doute dû faire des commandes, avant de partir en vacances... Mais l'absence d'Ève ? Elle s'était enfuie... Le livreur était arrivé, trouvant la maison vide et, sous l'insistance d'Ève, avait ouvert les verrous.

Richard tournait en rond, paniqué. Pourquoi n'avait-elle pas mis les vêtements qu'elle avait visiblement préparés, rangés sur le lit. Et le couvre-lit absent ? Tout cela, cette histoire de livreur, ne tenait pas debout. Pourtant, cela avait bien failli se produire, une fois, un an auparavant, lors d'un congé de Line, précisément. Par chance, Richard était revenu chez lui juste à ce moment, pour entendre Ève supplier, derrière la porte ; il avait rassuré le livreur : tout était normal, sa femme était en pleine dépression, c'était là la raison de la présence des verrous...

Quant à Line et Roger, cette prétendue « folie » d'Ève suffisait à évacuer leurs interrogations : d'ailleurs, Richard se montrait affectueux avec la jeune

118

femme et, depuis un an, lui permettait de sortir de plus en plus souvent... Elle dînait parfois au rez-de-chaussée. La folle passait ses journées à jouer du piano ou à peindre. Line faisait le ménage dans l'appartement, indifférente.

Rien ne semblait anormal. Ève était comblée de cadeaux. Line avait un jour soulevé le tissu blanc qui recouvrait le chevalet ; et, voyant ce tableau représentant Richard, déguisé en travesti, assis devant un comptoir de boîte de nuit, elle s'était dit qu'effectivement ça ne tournait pas bien rond dans la tête de la patronne ! Monsieur avait bien du mérite de tolérer cette situation : il ferait mieux de la mettre à l'hôpital mais, n'est-ce pas, ça la fichait mal, pensez donc, la femme du Professeur Agrégé Lafargue chez les fous ! Déjà que sa fille y était !

*

Richard se laissa tomber sur le lit, désespéré. Il tenait la robe dans ses mains et secouait la tête.

Le téléphone sonna. Il se précipita au rez-de-chaussée pour décrocher. Il ne reconnut pas la voix.

— Lafargue ? Je tiens ta femme...

— Combien voulez-vous, dites tout de suite, je paie...

Richard avait crié, d'une voix brisée.

— T'affole pas, c'est pas ce que je veux, le fric, je m'en fous ! Enfin, on verra si tu peux m'en donner aussi...

— Je vous en supplie, dites-moi, elle est vivante ?

119

— Évidemment !

— Ne lui faites pas de mal...

— T'inquiète, je vais pas l'esquinter...

— Alors ?

— Il faut que je te voie. Pour causer.

Alex donna rendez-vous à Lafargue : le soir même, à 22 heures, devant le drugstore Opéra.

— Comment vous reconnaîtrai-je ?

— T'occupe pas ! Moi, je te connais... Viens seul et fais pas l'andouille, sinon, elle va passer un sale quart d'heure.

Richard acquiesça. Le correspondant avait déjà raccroché.

Richard eut le même geste qu'Alex, quelques heures auparavant. Il prit une bouteille de scotch et en but une longue rasade au goulot. Il descendit à la cave pour vérifier que rien n'avait été dérangé. Les portes étaient fermées, tout allait donc bien de ce côté.

Qui était ce type ? Un truand, sans doute. Pourtant il ne demandait pas de rançon, du moins pas immédiatement. Il voulait autre chose : quoi ?

Il n'avait rien dit à propos d'Ève. Durant les premiers temps de la détention de Vincent, il prenait garde à ne rien laisser transparaître de sa présence. Il avait d'ailleurs renvoyé les deux domestiques prédécesseurs de Line et Roger, embauchés longtemps après, une fois la situation avec Ève en partie « normalisée ». Il redoutait que la police ne retrouve sa trace. Les parents de Vincent ne désespéraient pas des recherches, il le savait par la lecture des journaux locaux... Bien sûr, tout s'était bien passé, il avait

120

coincé Vincent en pleine nuit, loin de tout, fait disparaître les indices, mais qui sait ? Lui-même ayant porté
plainte, au sujet de Viviane, un rapprochement dû à un
hasard facétieux demeurait possible.

Puis le temps avait passé. Six mois, un an, bientôt
deux, aujourd'hui quatre... L'affaire était enterrée.

Et si le type avait su qui était Ève, il n'aurait pas
parlé ainsi, n'aurait pas dit « ta femme ». Il croyait
qu'Ève et Richard étaient mariés. Lafargue s'affichait
quelquefois avec elle et l'on pensait alors qu'il avait
séduit une jeune maîtresse... Depuis quatre ans il avait
rompu tout contact avec ses anciens amis qui mirent
cette soudaine retraite sur le compte de la folie de
Viviane. Ce pauvre Richard ! se dirent-ils, le voilà de
nouveau atteint : sa femme morte dans un accident
d'avion il y a dix ans et sa fille, à l'hôpital psychiatrique, le pauvre...

Les gens à qui il montrait Ève n'étaient que des
relations de travail, des confrères, personne ne s'éton-
nait de la présence d'une femme à ses côtés, durant les
rares réceptions auxquelles il se rendait. Les murmures
admiratifs qui accompagnaient alors l'apparition de
cette « maîtresse » le comblaient d'aise et d'orgueil...
professionnel !

Ce truand ignorait donc tout de Vincent. C'était
évident. Mais que voulait-il ?

*

Lafargue arriva en avance au rendez-vous d'Alex. Il
piétina sur le trottoir, bousculé par les gens qui
entraient et sortaient du drugstore. Il lançait un coup

d'œil sur sa montre toutes les vingt secondes. Alex l'aborda enfin, après s'être assuré que le médecin était bien seul.

Richard détailla le visage d'Alex, un visage carré, brutal.

— Tu es en voiture ?

Richard montra la Mercedes, garée tout près.

— On y va...

Alex lui fit signe de s'installer au volant et de démarrer. Il avait sorti son colt de sa poche pour le poser sur ses genoux. Richard épiait ce type, espérant découvrir une faille dans sa conduite. Alex ne parla tout d'abord pas. Il se contentait de dire « tout droit », « à gauche », « à droite » ; la Mercedes s'éloigna du quartier de l'Opéra pour décrire un long périple dans Paris, de la Concorde aux Quais, de Bastille à Gambetta... Alex ne quittait pas le rétro des yeux. Quand il fut certain que Richard n'avait pas prévenu les flics, il se décida à entamer le dialogue.

— T'es chirurgien ?

— Oui... Je dirige le service de chirurgie réparatrice à...

— Je sais, t'as aussi une clinique à Boulogne. Ta fille est dingue, elle est enfermée dans un truc de fous, en Normandie, tu vois, je te connais bien... Et ta femme, elle est pas mal, pour l'instant, elle est attachée à un radiateur, dans une cave, alors écoute-moi bien, sinon, tu la reverras pas... Je t'ai vu, l'autre jour, à la télé !

— Oui, j'ai donné une interview, il y a un mois, acquiesça Richard.

122

— T'as causé de comment tu refais les nez, comment tu rends bien lisse la peau fripée des vieilles et tout... poursuivit Alex.

Richard avait déjà compris. Il soupira. Ce type n'en voulait pas à Ève, mais uniquement à lui-même.

— Moi, la police me cherche. J'ai buté un flic. Je suis cuit, à moins que je change de gueule. Et c'est toi qui vas t'en occuper... À la télé, t'as dit qu'il fallait pas bien longtemps. Je suis seul, personne n'est avec moi, dans ce coup. J'ai plus rien à perdre ! Si tu cherches à prévenir les flics, ta femme crèvera de faim dans sa cave. Ne me fais pas d'entourloupe, j'ai rien à perdre, je répète. Je me vengerai sur elle. Si tu me fais prendre, je dirai jamais aux flics où c'est qu'elle est et elle crèvera de faim, c'est pas une belle mort...

— C'est entendu, j'accepte.

— T'es sûr...

— Évidemment, du moment que vous me promettez de ne pas lui faire de mal.

— Tu l'aimes, hein ? constata Alex.

Richard, la voix blanche, s'entendit répondre « oui ».

— Comment on va faire ? Tu me fais entrer dans ton hôpital, non, hein, dans ta clinique, c'est mieux...

Richard conduisait les mains crispées sur le volant. Il allait falloir convaincre ce type de venir au Vésinet. Visiblement, il n'avait pas inventé la poudre. La naïveté de sa démarche le démontrait. L'idée qu'une fois livré à l'anesthésie il devenait totalement manipulable ne l'avait même pas effleuré. Un imbécile, ce n'était qu'un imbécile ! Il croyait s'en tirer en détenant Ève.

Ridicule, totalement ridicule ! Oui, mais il devait accepter de venir au Vésinet : à la clinique, Lafargue ne pouvait rien faire, et son plan stupide risquait bien de réussir, puisque Richard, jamais au grand jamais, ne ferait appel à la police...

— Écoutez, dit-il, nous allons gagner du temps. Une opération se prépare longtemps à l'avance. Il faut faire des examens, vous savez cela ?

— Me prends quand même pas pour un con...

— Oui... Si vous venez à la clinique, comme ça, on se posera des questions, les interventions sont prévues, il y a un planning...

— C'est pas toi le patron ? murmura Alex, surpris.

— Si, mais si vous êtes recherché, avouez que moins de gens vous rencontreront, mieux cela vaudra pour vous.

— Exact, alors ?

— Nous allons chez moi, je vais vous montrer ce que je peux faire, le dessin d'un nouveau nez, vous avez un double menton, on peut le supprimer, tout cela...

Alex était méfiant, mais il accepta. Tout semblait démarrer impeccablement : le toubib avait la trouille pour sa nana.

Arrivé au Vésinet, Lafargue invita Alex à s'asseoir confortablement. Ils étaient dans le bureau ; Richard défit des dossiers de photos et trouva celle d'un homme qui ressemblait vaguement à Alex ; avec un feutre blanc il effaça peu à peu le nez pour en dessiner un nouveau contour, en noir. Alex le regardait faire, fasciné. Puis Lafargue fit de même avec le double menton. À main levée, il brossa un rapide portrait d'Alex, tel qu'il était, face et profil, et un autre, représentant le futur Alex.

— Super ! Si tu me réussis comme ça, t'as pas à t'inquiéter pour ta femme...

Alex s'était emparé du premier dessin et le déchira.

— T'irais pas faire un portrait-robot aux flics, hein, après l'opération ? demanda-t-il, inquiet.

— Ne soyez pas ridicule, tout ce qui m'importe, c'est de revoir Ève !

— Elle s'appelle Ève ? Ouais... De toute façon, je prendrai mes précautions...

Lafargue n'était pas dupe : le type avait bel et bien l'intention de le tuer si l'opération avait lieu. Quant à Ève...

— Écoutez, autant ne pas perdre de temps. Je dois faire des examens avant de tenter cette opération. J'ai ici, au sous-sol, un petit laboratoire aménagé et nous pouvons nous y mettre immédiatement.

Alex fronça les sourcils.

— Ici ?

— Mais oui, répliqua Richard, en souriant, je travaille souvent en dehors de l'hôpital !

Ils se levèrent tous deux, et Richard montra le chemin du sous-sol. La cave était très grande, il y avait plusieurs portes. Lafargue en ouvrit une, alluma la lumière et entra. Alex suivit. Il écarquilla les yeux, étonné de ce spectacle : une longue paillasse, comportant une foule d'appareils, une armoire vitrée remplie d'instruments. Son colt à la main, il fit le tour de ce mini-bloc opératoire qu'avait installé Richard.

Il s'arrêta devant la table, examina l'énorme spot, éteint, qui trônait au-dessus, saisit le masque d'anesthésie, inspecta les bonbonnes. Il ignorait ce qu'elles contenaient.

— C'est quoi, tout ça ? demanda-t-il, éberlué...

— Mais... c'est mon laboratoire...

— Mais t'opères pas des gens, ici ?

Alex montrait la table, le grand spot. Il reconnaissait en gros le matériel vu dans ce reportage médical à la télé.

— Oh non ! Mais, vous savez, nous sommes contraints de faire des expériences... sur des animaux.

Richard sentait la sueur perler sur son front, son pouls s'affolait, mais il essayait de ne rien laisser paraître de sa peur.

Alex hocha la tête, perplexe. C'était vrai, il le savait bien, quand même, les médecins font des tas d'expériences avec des singes et tout...

— Mais alors, dis donc, y a pas besoin que j'aille à la clinique. T'as qu'à m'opérer ici. Non ? Si y a tout ce qu'y faut ! proposa-t-il.

Les mains de Lafargue tremblaient. Il les enfouit dans ses poches.

— Tu réfléchis, y a un problème ? reprit Alex.

— Non... peut-être me manquera-t-il un ou deux produits.

— Combien de temps je dois rester au lit, après l'opération ?

— Oh, très peu ! Vous êtes jeune, robuste, et ce n'est pas une intervention très traumatisante.

— Et je pourrai tout de suite enlever les pansements ?

— Ah non ! Il faudra attendre au moins huit jours, assura Richard.

Alex arpentait la pièce, songeur, tripotant les appareils.

— Si tu fais ça ici, y a pas de risque ?

Lafargue écarta les bras avant de répondre non, en fait, aucun risque...

— Dis donc, tu seras tout seul, t'auras pas d'infirmière ?

— Oh, ça n'a pas d'importance, je peux m'occuper de tout. Il suffit de prendre son temps.

Alex éclata de rire et assena une grande claque dans le dos du médecin.

— Tu sais ce qu'on va faire ? dit-il. Je vais m'installer chez toi, et dès que tu peux, tu m'opères... Demain ?

— Oui... demain, si vous voulez... Mais, durant votre, enfin, votre « convalescence », qui s'occupera d'Ève ?

— Te bile pas, elle est entre de bonnes mains...

— Je croyais que vous étiez seul ?

— Non, pas tout à fait, te bile pas, on lui fera pas de mal... Tu m'opères demain. Et on reste tous les deux ici pendant huit jours. Ta bonne est en vacances, tu vas téléphoner à ton chauffeur pour qu'il ne vienne pas demain... On ira tous les deux chercher les produits qui te manquent. Faut que tu te mettes en vacances de l'hôpital. Allez, viens...

Ils remontèrent au rez-de-chaussée. Alex demanda à

127

Richard d'appeler Roger chez lui. Lorsque Richard eut fini de téléphoner, Alex lui montra la chambre du premier.

Il le fit entrer dans l'appartement d'Ève.

— Elle est pas bien, ta femme ? Pourquoi tu l'enfermes ?

— Elle... enfin, elle a des attitudes bizarres...

— Comme ta fille ?

— Un peu, parfois...

Alex ferma les trois verrous en souhaitant une bonne nuit à Lafargue. Il inspecta l'autre chambre et sortit faire un tour dans le parc « Ève » devait commencer à trouver le temps long, là-bas à Livry-Gargan, mais tout marchait bien... Dans dix jours, après avoir enlevé les pansements, Alex tuerait Lafargue, et bonsoir tout le monde ! Dix jours, Ève serait morte, peut-être ? Quelle importance ?

Le lendemain matin, Alex réveilla Richard de bonne heure. Il le trouva allongé sur le lit, habillé. Alex prépara un petit déjeuner qu'ils prirent ensemble.

— On va aller à ta clinique pour prendre ce que t'as besoin. Tu peux m'opérer cet après-midi ? demanda-t-il.

— Non... il faut faire des examens, une prise de sang.

— Ah ouais, les analyses d'urine et tout !

— Et quand je connaîtrai les résultats, nous pourrons commencer. Disons, demain matin...

Alex était satisfait. Le toubib avait l'air régulier. Ce

fut lui qui s'installa au volant de la Mercedes pour aller à Boulogne. Il déposa Lafargue devant la clinique.

— Tarde pas trop... je suis méfiant !

— Ne vous inquiétez pas, je n'en ai que pour une minute.

Richard entra dans son bureau. La secrétaire fut surprise de le voir arriver si tôt. Il lui demanda d'avertir l'hôpital qu'il n'assisterait pas à la consultation du matin. Puis il fouilla dans un tiroir, prit deux flacons au hasard, réfléchit un instant et partit chercher une boîte de scalpels, pensant que ce détail impressionnerait davantage Alex, le convaincrait mieux de la sincérité de sa « participation ».

Quand il l'eut rejoint dans la voiture, Alex lut l'étiquette des médicaments, ouvrit l'étui contenant les lames et rangea le tout avec soin dans la boîte à gants. De retour au Vésinet, ils descendirent au laboratoire. Lafargue fit une prise de sang au truand. Penché sur un microscope, il examina vaguement la plaquette, mélangea au hasard quelques gouttes de réactifs, et enfin interrogea Alex sur ses maladies antérieures.

Alex était aux anges. Il observait Lafargue, regardait par-dessus son épaule et posa même un instant son œil sur le microscope.

— Bien, dit Richard, tout va très bien. Nous n'aurons pas besoin d'attendre demain. Vous êtes en excellente santé ! Vous allez vous reposer toute la journée. Vous ne mangerez pas ce midi, et, dans la soirée, je vous opérerai !

Il s'approcha d'Alex, lui palpa le nez, le cou. Alex

sortit de sa poche le croquis de son nouveau visage et le déplia.

— Comme ça ? demanda-t-il en montrant le dessin.

— Oui... comme ça ! confirma Lafargue.

Allongé sur le lit de Lafargue, bouclé dans l'autre chambre, Alex se prélassa durant plusieurs heures. Il avait envie de boire un peu, mais c'était interdit. À 18 heures, il partit chercher le chirurgien. Il était tendu : l'idée de se retrouver sur une table d'opération l'avait toujours effrayé. Richard le rassura, le fit se déshabiller. Alex abandonna son colt avec réticence.

— N'oublie pas ta femme, toubib... murmura-t-il en s'allongeant.

Richard alluma le grand spot. La lumière blanche était aveuglante. Alex cligna des yeux. Peu de temps après Lafargue apparut à ses côtés, vêtu de blanc, masqué. Alex sourit, rassuré.

— On y va ? demanda Lafargue.

— On y va... Et fais pas le con sinon tu revois pas ta femme !

Richard ferma la porte du bloc, saisit une seringue, s'approcha d'Alex.

— Cette piqûre va vous détendre... Ensuite, d'ici un quart d'heure, je vous endormirai...

— Ouais... Fais pas le con !

La pointe de l'aiguille s'enfonça délicatement dans la veine. Alex voyait, au-dessus de lui, le chirurgien sourire.

— Fais pas le con ! Hein, fais pas le con...

130

Brusquement, il sombra dans le sommeil. Lors de sa dernière seconde de conscience, il comprit que quelque chose d'anormal venait de se produire.

Richard arracha le masque, éteignit le spot et hissa le truand sur son dos. Il ouvrit la porte du bloc, sortit dans le couloir et marcha en titubant jusqu'à l'autre porte qui s'ouvrait dans les sous-sols.

Après avoir tourné la clé, il porta Alex jusqu'au mur rembourré de mousse. Le sofa, les fauteuils étaient toujours là, ainsi que d'autres affaires ayant appartenu à Vincent. Il enchaîna Alex à ce mur, resserra les liens en supprimant quelques maillons Il revint au bloc, prit un cathéter dans un tiroir et le fixa dans une veine de l'avant-bras : Alex, une fois réveillé, même entravé, trouverait toujours le moyen de gigoter un peu, pour empêcher Richard de le piquer de nouveau... Lafargue était bien persuadé que ce type, désespéré et traqué par la police, trouverait la force suffisante pour résister à une torture « classique », du moins un certain temps. Et Richard était pressé... Il ne restait plus qu'à attendre.

Il abandonna sa blouse sur le sol. Il monta chercher la bouteille de scotch ainsi qu'un verre. Puis il revint s'installer dans un fauteuil, face à Alex. Le dosage de l'anesthésique était très faible, son prisonnier ne tarderait pas à s'éveiller.

II

Alex émergea lentement du sommeil. Lafargue attendait, guettant sa réaction. Il se leva pour le gifler vigoureusement, afin de le ramener plus vite à la conscience.

Alex vit les chaînes, cette cave encombrée d'un fouillis de meubles, ces drôles de fenêtres en trompe-l'œil, la mer, la montagne... Il ricana. Tout était fini. Il ne dirait pas où était la garce, on pouvait le torturer, la mort l'indifférait...

Le médecin l'observait, assis dans le fauteuil, sirotant un verre. Du whisky : la bouteille était posée sur le sol. Quel salaud ! Il l'avait bien eu, s'était bien foutu de sa gueule. C'était un sacré mec, il ne s'était pas démonté, avait bien bluffé... Oui, Alex avouait, s'avouait être un minable.

— Alors comme ça... dit Lafargue, Ève est dans une cave, enchaînée à un radiateur. Seule.

— Elle va crever... Tu sauras pas où qu'elle est ! bredouilla Alex.

— Vous l'avez brutalisée ?

— Non... J'ai eu envie de me la faire, mais j'ai préféré remettre à plus tard ; j'aurais dû, hein ? Note bien, plus personne la sautera, maintenant. Plus jamais... Personne ne viendra là où qu'elle est avant deux semaines ! Elle va crever de faim, de soif. Par ta faute... Un jour, tu verras peut-être son squelette... Elle baisait bien, au moins ?

— Taisez-vous, murmura Lafargue, en serrant les dents. Vous allez me dire où elle est...

— Mais non, hé, ducon, tu peux me découper en morceaux, je dirai rien ! Je vais y passer. Et si tu me tues pas, les flics m'auront : je suis cuit, j'en ai plus rien à foutre.

— Mais si, pauvre abruti, vous allez parler...

Richard s'approcha d'Alex qui lui cracha au visage. Il lui avait plaqué le bras contre le mur, la paume de la main en avant, le poignet enchaîné, et de larges lanières de chatterton ultra-fort scotchées sur le béton empêchaient tout mouvement du membre.

— Regarde ! dit Richard.

Il désignait le cathéter enfoncé dans la veine. Alex sua, se mit à sangloter. Le salaud, il allait l'avoir comme ça... Avec un médicament.

Richard lui montrait une seringue, qu'il relia au cathéter. Doucement, il appuya sur le piston. Alex hurlait, tentait de tirer sur les chaînes, en vain.

Le produit était à présent en lui, coulant dans son sang. Il fut pris de nausée, un flou cotonneux lui embrouilla peu à peu l'esprit. Il cessa de crier, de s'agiter. Ses yeux vitreux distinguaient toujours le visage de Lafargue, souriant, l'œil mauvais.

134

— Comment tu t'appelles ?

Richard lui tirait sur la tignasse, maintenant sa tête, qui s'était affaissée.

— Barny... Alex.

— Tu te rappelles ma femme ?

— Oui...

Au bout de quelques minutes, Alex donna l'adresse du pavillon de Livry-Gargan.

*

Au ras du sol, un souffle d'air frais se fraye un chemin. Tu te contorsionnes pour te tourner sur le côté, tu appuies ta joue sur le sol, et tu goûtes cette parcelle de fraîcheur. Ta gorge est douloureuse, sèche. Le sparadrap sur tes lèvres tire sur la peau.

La porte s'ouvre. La lumière s'allume. C'est Mygale. Il se précipite sur toi. Pourquoi a-t-il cet air bouleversé ? Il te prend dans ses bras, arrache doucement le sparadrap du bâillon, te couvre le visage de baisers, t'appelle « ma petite », il s'attaque à présent aux cordes, les dénoue. Tes membres gourds sont douloureux, la circulation du sang revient brusquement, sans entraves.

Mygale te tient dans ses bras, il te presse contre lui. Sa main court dans tes cheveux, caresse ta tête, ta nuque. Il te soulève du sol, t'entraîne hors de cette cave.

Vous n'êtes pas au Vésinet, mais dans une autre maison... Que signifie tout cela ? Mygale ouvre une porte, d'un coup de pied. C'est une cuisine. Sans te

135

déposer, il prend un verre, le remplit d'eau, te fait boire, lentement, à petites gorgées...

Il te semble que tu avais avalé des kilos de poussière ; et cette eau dans ta bouche, jamais tu n'as connu si agréable sensation.

Mygale te porte dans un salon, meublé grossièrement. Il t'assoit dans un fauteuil, se met à genoux devant toi, pose son front contre ton ventre, de ses mains enserre ta taille.

Tu assistes à tout cela d'ailleurs, spectatrice d'un jeu absurde. Mygale a disparu. Il revient avec le couvre-lit qu'il avait laissé dans la cave ; il t'en enveloppe et te porte au-dehors. Il fait nuit.

La Mercedes attend, dans la rue. Mygale t'installe à ses côtés, puis prend le volant.

Il te parle, racontant une histoire folle, invraisemblable. Tu l'écoutes à peine. Un truand t'a enlevée, pour le faire chanter... Pauvre Mygale, il est fou, il ne sait plus discerner la réalité de ses mises en scène. Non... Malgré cette douceur dont il fait preuve, tu sais bien qu'il va te faire souffrir, pour te punir... À un feu rouge, il se tourne vers toi. Il sourit, te caresse de nouveau les cheveux.

Arrivé au Vésinet, il te porte dans le salon, t'installe sur un sofa. Il court jusqu'à ta chambre, revient avec un peignoir ; il te le met puis disparaît de nouveau... Il réapparaît avec un plateau : à manger, à boire... Il te donne quelques cachets, tu ne sais de quoi, ça n'a pas d'importance.

Il te fait manger, insiste pour que tu avales un yaourt, des fruits.

136

Lorsque tu as fini, tes yeux se ferment, tu es épuisée. Il t'emmène à l'étage, te couche dans ton lit ; avant de t'endormir tu as vu qu'il s'était assis près de toi, qu'il te prenait la main.

Tu t'éveilles... Il y a une clarté diffuse, c'est sans doute le petit matin. Mygale est là, près de toi, dans un fauteuil, il dort, la porte de ta chambre est grande ouverte.

Tes jambes sont encore douloureuses, le garrot des cordes était très fort. Tu te mets de côté, pour mieux regarder Mygale. Tu repenses à cette histoire rocambolesque qu'il t'a racontée... Une histoire de gangster ? Ah oui... un truand en fuite qui voulait que Mygale lui modifie le visage ! Et toi, tu étais l'otage !

Tu ne sais plus... Le sommeil revient. Un sommeil entrecoupé de cauchemars. À chaque fois les mêmes images : Mygale ricanant, tu es allongé sur cette table, le spot, énorme, t'aveugle. Mygale porte une blouse blanche, un tablier de chirurgien, un calot blanc, il assiste à ton réveil, rit à gorge déployée.

Tu entends ce rire, démultiplié, il te casse les oreilles, tu voudrais encore dormir, mais non, l'anesthésie est terminée... C'est long, tu reviens d'autre part, les images de tes rêves sont encore vivaces, et Mygale rit... Tu tournes la tête, ton bras est attaché, non, tes bras, sont attachés... Une aiguille entre dans la saignée de ton coude, elle est reliée à ce tube, le goutte-à-goutte tombe de la bouteille de sérum, qui se balance doucement au-dessus de ta tête là-haut... Tu as le vertige, mais, peu à peu, une douleur violente te vient par élancements, là, plus loin, vers ton bas-ventre, et Mygale rit.

Tes cuisses, elles sont écartées, tu as mal. Tes genoux sont attachés à des montants, des tubes d'acier... Oui... Comme ces tables qu'utilisent les gynécologues, pour examiner le... Ah ! Cette douleur, vers ton sexe, elle remonte dans la région abdominale, tu essaies de redresser la tête, pour voir ce qui se passe, et Mygale rit toujours.

— Attends, mon petit Vincent... je vais t'aider...

Mygale a saisi un miroir, il te tient la nuque, place la glace entre tes jambes. Tu ne vois rien, rien qu'un amas de compresses sanguinolentes, et deux tuyaux, reliés à des bouteilles...

— Bientôt, te dit Mygale, tu verras mieux ! et il s'étrangle de rire.

Oui... tu sais ce qu'il t'a fait. Les piqûres, tes seins qui ont poussé, et maintenant, ça.

Quand l'effet de l'anesthésie s'est totalement éteint, quand tu es redevenu pleinement conscient, tu as hurlé, hurlé, longuement. Il t'avait laissé là, dans le bloc, à la cave, allongé, ligoté sur la table.

Il est venu. S'est penché sur toi. Il ne semblait pas vouloir s'arrêter de rire.

Il avait apporté un gâteau, un petit gâteau, avec une bougie. Une seule bougie.

— Mon cher Vincent, nous allons fêter le premier anniversaire de quelqu'un que tu vas bien connaître : Ève !

Il montrait ton ventre.

— Là, il n'y a plus rien ! Je t'expliquerai. Tu n'es plus Vincent. Tu es Ève.

138

Il a découpé le gâteau, en a pris une part, et te l'a écrasée sur le visage. Tu n'avais même plus la force de crier. En souriant, il mangeait l'autre part. Il a débouché une bouteille de champagne, rempli deux flûtes. Il a bu la sienne, et t'a versé l'autre sur la tête.

— *Alors, ma petite Ève, c'est tout ce que vous trouvez à me dire ?*

Tu as demandé ce qu'il t'avait fait. C'était très simple. Il a poussé la table vers l'autre partie de la cave, celle où tu avais vécu jusqu'alors.

— *Ma chère amie, je n'ai pas pu prendre de clichés de l'intervention que je viens de pratiquer sur vous... Néanmoins, ce type d'opération étant très courant, je vais vous l'expliquer à l'aide de ce petit film.*

Il a mis en marche un projecteur... Sur l'écran tendu contre un mur, une salle d'opération est apparue. Quelqu'un disait le commentaire, mais ce n'était pas Mygale.

« Après un traitement hormonal étalé sur deux ans, nous allons pouvoir pratiquer une vaginoplastie, sur Monsieur X, avec lequel nous avons eu de nombreux entretiens préalables.

Nous commençons donc, après anesthésie, par la taille d'un lambeau de gland de 1,2 cm, puis nous décollons la totalité de la peau de la verge jusqu'à sa racine. Nous disséquons le pédicule, jusqu'à la racine, également... Manœuvre identique en ce qui concerne le pédicule vasculo-nerveux dorsal de la verge. Il s'agit d'emmener le feuillet antérieur des corps caverneux jusqu'à la racine de la verge... »

Tu ne pouvais détacher tes yeux de ce spectacle, de

ces hommes aux mains gantées qui maniaient le scalpel et les pinces, taillant dans la chair, tout comme Mygale avait fait pour toi.

« Le temps suivant consiste en une incision scroto-périnéale en restant à 3 cm de l'anus en arrière ; extériorisation de la verge à travers cette incision et poursuite de la dissection de la peau et du lambeau de gland.

On aboutit ainsi à l'individualisation de l'urètre et à la séparation des corps caverneux sur la ligne médiane. »

Mygale riait, riait... Il se levait de temps à autre pour régler l'image, et revenait vers toi, tapotant ta joue.

« Le troisième temps est la création d'un néo-vagin entre d'une part le plan urétral en avant, et le rectum en arrière, avec un doigt intra rectal pour contrôler le décollement.

Voici le décollement du néo-vagin, mesurant 4 cm de large sur 12 à 13 cm de profondeur... ici, la fermeture de l'extrémité antérieure du fourreau de la verge et invagination de la peau de la verge dans le néo-vagin...

Le lambeau de gland est extériorisé de façon à créer un néo-clitoris. La peau des bourses, que nous avons conservée très mince est elle-même reséquée : elle viendra former les grandes lèvres.

Vous voyez ici le même patient, plusieurs mois plus tard. Le résultat est fort satisfaisant : le vagin est de bonne taille et tout à fait fonctionnel, le clitoris est bien vivant et sensible, l'orifice urétral en bonne place et sans complications urinaires... »

Le film était terminé. Tu sentais une démangeaison, au sein de la douleur, dans ton bas-ventre. Tu avais envie d'uriner. Tu l'as dit à Mygale... Il t'avait posé une sonde, et cette sensation étrange, cette nouvelle perception de ton sexe est venue ainsi. Tu as encore crié...

C'était affreux, tu ne pouvais trouver le sommeil. Mygale t'injectait des calmants. Plus tard, il t'a détachée pour te faire mettre debout. À petits pas tu as marché, en tournant en rond. La sonde balançait entre tes jambes et ces tubes également, reliés à des bouteilles sous vide qui aspiraient les sécrétions. Mygale en tenait une, l'autre était fourrée dans la poche de ta robe de chambre... Tu étais sans force. Mygale t'a fait quitter la cave pour t'installer dans un petit appartement. Il y avait un boudoir, une chambre... Tu étais aveuglée. C'était la première fois depuis deux ans que tu quittais ta prison. Le soleil t'a inondé le visage. C'était agréable.

Ta « convalescence » a duré longtemps. La sonde avait disparu, les bouteilles aussi. Il ne restait rien que ce trou, là, entre tes jambes. Mygale te forçait à porter un mandrin, enfoncé dans ton vagin. C'était indispensable, disait-il, sinon, la peau allait se refermer. Tu l'a porté des mois, des mois. Il y avait un point très sensible, là, en haut : ton clitoris.

La porte de la chambre restait toujours fermée. Par les volets clos, tu voyais un parc, un petit étang, des cygnes. Mygale venait te voir tous les jours, de longues heures. Vous parliez de ta nouvelle vie. De ce que tu étais devenu... Devenue.

Tu as repris le piano, la peinture... Puisque tu avais des seins et ce trou, là, entre les cuisses, il te fallait bien jouer le jeu. T'enfuir ? Retourner chez toi après tant de temps ? Chez toi ? Était-ce vraiment chez toi, cet endroit où Vincent avait vécu ? Que diraient ceux qu'il avait connus ? Tu n'avais pas le choix. Le maquillage, les toilettes, les parfums... Et un jour, Mygale t'a emmenée dans une allée du bois de Boulogne. Plus rien ne pouvait t'atteindre.

Aujourd'hui, cet homme dort près de toi. Il doit être mal à l'aise, tassé dans le fauteuil. Quand il t'a trouvée dans la cave, il t'a embrassée, t'a prise dans ses bras. La porte est ouverte. Que veut-il, à présent ?

*

Richard ouvrit les yeux. Il avait mal aux reins. Une sensation étrange : toute cette nuit à veiller sur Ève, puis quelque chose, un froissement de tissu — le drap — ou bien Ève éveillée, le guettant dans la lumière du matin... Elle est là. Là dans le lit, elle a les yeux grands ouverts. Richard sourit, se lève, s'étire, vient s'asseoir au bord du lit. Il parle, reprend ce vouvoiement absurde, instauré par lui, avec ces césures ordurières lors de ses bouffées de haine.

— Vous allez mieux, dit-il. Tout est fini. Je... enfin, c'est terminé, vous pourrez partir, je m'arrangerai pour les papiers, ta nouvelle identité, ça se fait, tu sais ? Tu iras voir la police, pour leur dire...

Richard n'en finissait plus, pitoyable, d'avouer sa défaite. Une défaite totale et humiliante qui arrivait trop tard pour punir une haine déjà éteinte.

Ève se leva, prit un bain et s'habilla. Elle descendit au salon. Richard la retrouva au bord de l'étang. Il arrivait avec des miettes de pain qu'il lança aux cygnes. Elle s'accroupit au bord de l'eau, appela les animaux en sifflant. Ils vinrent manger dans sa main en tordant leur cou pour avaler les croûtons.

Il faisait un temps radieux. Ils revinrent tous deux vers la villa et s'assirent côte à côte dans la balancelle, près de la piscine. Ils restèrent ainsi longtemps, proches l'un de l'autre, sans échanger une parole.

— Richard ? dit enfin Ève. Je veux voir la mer...

Il se tourna vers elle, la contempla de son regard immensément triste et acquiesça. Ils revinrent vers la maison, Ève partit chercher un sac, y entassa quelques affaires. Richard l'attendait dans la voiture.

Ils prirent la route. Elle abaissa la vitre latérale et joua à lutter contre le vent, maintenant sa main à l'extérieur de la portière. Il lui recommanda de cesser à cause des insectes, des cailloux, qui pourraient la blesser.

Richard roulait vite, avalant les virages avec une sorte de rage. Elle lui demanda de ralentir. Les falaises du bord de mer apparurent bientôt.

La plage de galets d'Étretat était noire de monde. Les touristes s'entassaient au bord de l'eau. La marée était basse. Ils se promenèrent sur la corniche qui serpente le long de la roche et se termine par un tunnel débouchant sur une autre plage, celle où se dresse l'Aiguille creuse.

Ève demanda à Richard s'il avait lu le roman de Leblanc, cette histoire folle de bandits cachés dans une grotte creusée à l'intérieur du pic. Non, Richard n'avait pas lu... Il dit en riant, avec une nuance d'amertume dans la voix, que son métier ne lui laissait que peu de loisirs. Elle insista, voyons, Arsène Lupin, tout le monde connaît !

Ils reprirent leur promenade en sens inverse pour regagner la ville. Ève avait faim. Ils prirent place à une terrasse d'un restaurant de fruits de mer. Elle dégusta un plateau chargé d'huîtres, de bulots. Richard goûta une pince d'araignée de mer et la laissa terminer son repas seule.

— Richard, demanda-t-elle, cette histoire de gangster, qu'est-ce que c'est ?

Il lui raconta de nouveau, son retour au Vésinet, la chambre vide, les verrous défaits, son angoisse devant sa disparition. Comment il l'avait retrouvée, enfin.

— Et le truand, tu l'as laissé partir ? insista-t-elle, méfiante, incrédule.

— Non, il est attaché dans la cave.

Il avait répondu à voix basse, d'un ton monocorde. Elle manqua s'étouffer.

— Richard ! Mais il faut aller là-bas, tu ne peux pas le laisser crever comme ça !

— Il t'a fait mal, c'est tout ce qu'il mérite !

Elle frappa du poing sur la table pour le ramener à la réalité. Elle avait l'impression de jouer une scène absurde, le vin blanc dans son verre, un reste de tourteau, et ce dialogue inconvenant à propos de ce type moisissant dans les sous-sols de la maison du

144

Vésinet ! Il regardait ailleurs, absent. Elle insista pour rentrer. Il accepta aussitôt. Elle eut le sentiment que si elle lui demandait de se jeter du haut de la falaise, il obéirait sans rechigner.

*

Il était déjà tard lorsqu'ils pénétrèrent dans la propriété. Il la précéda dans l'escalier menant à la cave. Il ouvrit la porte, alluma la lumière. Le type était bien là, à genoux, les bras écartelés par ces chaînes qu'elle connaissait si bien. Quand Alex releva la tête, elle poussa un long cri, une plainte d'animal blessé qui ne peut comprendre ce qui lui arrive.

Cassée en deux, le souffle coupé, elle désignait du doigt le prisonnier. Elle se précipita dans le couloir, tomba à genoux, et vomit. Richard l'avait rejointe et la soutenait en lui tenant le front.

*

Ainsi donc, c'était ça, le dernier acte ! Mygale avait imaginé cette histoire de gangster, ce roman délirant, pour endormir ta méfiance. Il t'avait amadouée par sa tendresse, cédant à ce caprice, voir la mer, pour te faire chuter dans une horreur sans fond !

Et cette ruse pour te faire découvrir Alex prisonnier lui aussi, comme toi quatre ans plus tôt, n'avait pour but que de te briser un peu plus, de te rapprocher encore — était-ce possible ? — de la folie...

Oui, c'était ça, son plan ! Non pas de t'humilier en

te prostituant, après t'avoir châtré, charcuté, abîmé, après avoir détruit ton corps pour t'en construire un autre, un jouet de chair. Non, tout cela, ce n'était qu'un jeu, les prémices de son véritable projet : te faire basculer dans la folie, comme sa fille... Puisque tu avais résisté à toutes les épreuves, il faisait monter les enchères !

D'étape en étape, il t'avait rabaissée, il t'enfonçait la tête dans des eaux noires et, de temps à autre, te rattrapait par les cheveux, t'empêchant de te noyer complètement, pour finalement te porter le coup fatal : Alex !

Mygale n'était pas fou : c'était un génie. Qui d'autre aurait pu imaginer une progression aussi savamment étudiée ? Le salaud, il fallait le tuer !

Alex, il n'en tirerait rien, il devait bien le savoir... Il n'espérait certainement pas lui faire subir les mêmes tourments. Alex était un gros lourdaud, une brute, il t'avait amusé, autrefois tu en faisais ce que tu voulais, il t'aurait suivi partout, comme un chien !

Avec lui, Mygale ne pourrait rien faire : les raffinements que tu avais connus ne pouvaient lui être destinés. Peut-être allait-il te contraindre à le... Oui, il était enchaîné, nu comme un ver, c'était ça que voulait Mygale !

Il ne s'était pas assez repu d'un seul, il lui fallait les deux à sa merci. Quatre ans, Mygale avait mis quatre ans à retrouver Alex... Alex, qu'était-il devenu ? Mais surtout, pourquoi Mygale avait-il pu le capturer ? Tu n'avais jamais rien dit !

Mygale était là, près de toi. Il te soutenait. La

146

flaque de vomissure s'étalait sur le béton. Mygale murmurait des mots tendres, ma douce, ma petite, il s'empressait, essuyant ta bouche à l'aide d'un mouchoir...

La porte de l'autre pièce était ouverte. Tu as bondi d'un coup, vers le bloc, et, sur la paillasse, tu as pris un scalpel, et tu es revenue à pas lents vers Mygale, la lame pointée vers lui.

III

Ils étaient là, face à face dans ce sous-sol bétonné, éclairé d'un néon cru. Elle avançait calmement, le scalpel à la main. Richard ne bougeait plus. Dans la cave, Alex se mit à crier. Il avait vu Ève tomber à genoux, se traîner hors de sa vue et, à présent, dans l'entrebâillement de la porte, il la voyait progresser, un couteau à la main.

— Mon revolver, petite ! hurla-t-il, mon revolver, viens ici, il l'a laissé là.

Ève pénétra de nouveau dans la cave, s'empara de l'arme d'Alex, effectivement abandonnée sur le sofa. Richard n'avait même pas tressailli, il se tenait debout dans le couloir mais ne reculait plus devant le canon du colt pointé vers son torse. Et il eut un mot incroyable.

— Ève, je t'en supplie, explique-moi !

Elle s'arrêta, ébahie. C'était encore une ruse de Mygale, sans doute, cette stupeur feinte. Mais le salaud ne s'en tirerait pas comme ça !

— T'en fais pas, Alex ! cria-t-elle, on va l'avoir, cette ordure !

Alex, lui non plus, ne comprenait plus grand-chose. Elle connaissait son nom ? Oui, Lafargue le lui avait peut-être cité ? Ah oui : tout était simple... Lafargue tenait sa femme cloîtrée et elle saisissait aujourd'hui l'occasion de se débarrasser de son mari !

— Ève, tue-moi si tu veux, mais dis-moi ce qui se passe !

Richard s'était laissé tomber à terre, glissant le long du mur. Il gisait, assis.

— Tu te fous de moi ! Tu te fous de moi ! Tu te fous de moi !

Elle avait commencé par un murmure pour terminer par un hurlement. Les muscles de son cou faisaient saillie, elle avait le regard exorbité, tremblait violemment.

— Ève, je t'en supplie, explique-moi...

— Alex ! Alex Barny ! Il était avec moi, lui aussi... Il l'a violée, Viviane, il l'a même enculée, pendant... pendant que je la tenais ! Tu as toujours cru que j'étais seul, je ne t'ai jamais rien dit, je ne voulais pas que tu le recherches, lui aussi... C'est autant de sa faute que de la mienne si ta fille est folle, espèce de salaud ! Et c'est moi qui ai tout pris !

Alex écoutait cette femme. Qu'est-ce qu'elle racontait ? Tous les deux, pensa-t-il, ils me jouent un sale tour, ils veulent me rendre dingue... Puis il observa attentivement la femme de Lafargue, la bouche, les yeux...

— Ah ! tu ne savais pas qu'on était deux ? reprit Ève. Mais si, Alex, c'était mon copain ! Le pauvre, il ne s'en faisait pas beaucoup, des filles... Il fallait que

150

je serve de... de rabatteur Avec ta gamine, ça a été plus dur, elle ne voulait rien savoir ! Se faire peloter, embrasser, ça lui plaisait bien, mais, dès que je mettais la main sous sa jupe, terminé ! Alors il a fallu la forcer un peu.

Richard secouait la tête, incrédule, abattu par les cris d'Ève, par sa voix aiguë qui hurlait toujours.

— C'est moi qui suis passé le premier. Alex la tenait, elle résistait... Vous, dans l'auberge, vous étiez en train de bâfrer, ou de danser, hein ? Ensuite, j'ai cédé la place à Alex. Il s'est bien amusé, tu sais, Richard ? Elle gémissait, elle avait mal... Moins que moi, après tout ce que tu m'as fait. Je vais te tuer, Mygale, je vais te tuer !

*

Non, Mygale n'avait jamais rien su. Tu ne lui avais jamais dit. Quand il t'a avoué pourquoi il t'avait mutilé — ce viol de Viviane qui était devenue folle — tu avais décidé de te taire. Ta seule vengeance c'était de protéger Alex. Mygale ne savait pas que vous étiez deux.

Tu étais là, allongée sur la table du bloc et il t'a raconté cette soirée de juillet, deux ans auparavant. Un samedi. Tu traînais au village, en compagnie d'Alex, désœuvré. Les vacances scolaires venaient tout juste de commencer. Tu allais partir en Angleterre, et lui, Alex, resterait à la ferme de son père pour travailler aux champs.

Vous avez traîné, fait la tournée des cafés, des

baby-foot, des flippers, puis vous êtes montés tous les deux sur la moto. Il faisait doux. A Dinancourt, un gros bourg voisin d'une trentaine de kilomètres, il y avait un bal, une fête foraine. Alex a tiré à la carabine sur des ballons. Toi, tu regardais les filles. Elles étaient nombreuses. C'est vers la fin de l'après-midi que tu as vu la gamine. Elle était jolie. Elle marchait au bras d'un type, un vieux, enfin, beaucoup plus qu'elle. Ce devait être son père. Elle portait une robe d'été bleu clair. Ses cheveux étaient bouclés, blonds, et son visage encore enfantin ne portait pas de maquillage. Ils se promenaient en compagnie d'autres gens et, à leur mise, on voyait tout de suite que ce n'étaient pas des paysans.

Ils se sont attablés à la terrasse d'un café. La fille a continué son tour de la fête seule. Tu l'as abordée, gentiment, comme toujours. Elle s'appelait Viviane. Oui, c'était bien son père, le type aux cheveux blancs.

Le soir, il y avait bal sur la place du village. Tu as demandé à Viviane de t'y rejoindre. Elle voulait bien, mais il y avait le père ! Ils étaient venus là, à l'auberge, pour un mariage. L'auberge était installée dans un ancien château, un peu à l'écart des maisons, et on y donnait souvent des réceptions, des fêtes, dans le parc. Elle devait aller au repas de mariage. Tu l'as persuadée : le soir, elle viendrait ici, près de la baraque à frites. C'était une gamine, un peu nunuche, mais si jolie.

Au cours de la soirée, tu es passé plusieurs fois dans les parages du château. Les richards avaient fait venir un orchestre, oh, pas de bouseux avec un accor-

152

déon, non, un véritable orchestre, les types jouaient du jazz, ils étaient vêtus d'un smoking blanc. Les fenêtres de l'auberge étaient fermées, pour protéger les riches des flonflons lourdauds du bal musette.

Vers dix heures, Viviane est sortie. Tu lui as offert à boire. Elle a pris un coca, toi, un scotch. Tu as dansé, Alex t'observait. Tu lui as fait un clin d'œil. Pendant un slow, tu as embrassé Viviane. Tu sentais son cœur qui battait, fort, contre ta poitrine. Elle ne savait pas embrasser. Elle fermait les lèvres, fort. Puis, quand tu lui as montré comment faire, voilà qu'elle s'est mise à pousser tant qu'elle pouvait avec sa langue ! Une gourde. Elle sentait bon, un parfum sucré, discret, pas comme les filles du coin, avec leur eau de Cologne dont elles s'aspergeaient par litres entiers. Tout en dansant, tu caressais son dos nu, sa robe était échancrée.

Vous vous êtes promenés dans les rues du village. Dans une porte cochère, tu l'as de nouveau embrassée. C'était mieux, elle avait un peu appris. Tu as glissé ta main sous sa robe, longeant l'intérieur de la cuisse jusqu'au slip. Elle était excitée, mais elle s'est dégagée. Elle avait peur de se faire disputer par son père si elle s'absentait trop. Tu n'as pas insisté. Vous étiez revenus vers la place. Le père était sorti de l'auberge pour chercher sa fille. Il vous a vus tous les deux, tu as tourné la tête et tu as continué ton chemin.

De loin, tu les as observés qui discutaient. Il semblait en colère, mais il a ri, est rentré de nouveau dans l'auberge. Viviane est revenue vers toi. Son père lui accordait encore un peu de temps.

Vous avez dansé. Elle se collait contre toi. Dans la pénombre, tu caressais ses seins. Une heure plus tard, elle a voulu rentrer. Tu as fait ¡gne à Alex, accoudé au bar près de la piste de danse, une canette de bière à la main. Tu as dit à Viviane que tu allais la raccompagner. Main dans la main, vous avez fait le tour du château. En riant, tu l'as entraînée dans les buissons, au fond du parc. Elle protestait en riant. Elle avait très envie de rester avec toi.

Vous vous êtes appuyés contre un arbre. Elle embrassait tout à fait bien, à présent. Elle t'a laissé retrousser sa robe, un peu. Brusquement, tu as saisi son slip pour le déchirer, après avoir plaqué ta main sur sa bouche. Alex était tout près, il lui a pris les mains, rabattant ses bras derrière le dos, en l'allongeant par terre. Il la maintenait solidement tandis que tu t'agenouillais entre ses jambes. Alex te regardait faire.

Puis c'est toi qui as maintenu Viviane, à quatre pattes dans l'herbe pendant qu'Alex se plaçait derrière elle. Alex ne s'est pas contenté de ce que tu lui avais déjà fait subir. Il en voulait plus. En la pénétrant, il lui a fait trop mal, elle s'est débattue avec la force du désespoir, s'est dégagée. Elle hurlait. Tu l'as poursuivie, la retenant par le pied. Tu es parvenu à l'immobiliser. Tu as voulu la gifler mais ta main s'est resserrée alors que tu assenais le coup, et c'est ton poing qu'elle a reçu en pleine face. Sa nuque est allée heurter le tronc d'arbre près duquel vous vous teniez. Elle s'est évanouie, le corps agité de soubresauts.

Mygale te l'a dit, plus tard. Lorsqu'il a entendu les

hurlements, l'orchestre de l'auberge jouait The Man I Love. *Il est sorti dans le parc en courant. Il t'a vu, à genoux dans l'herbe, tentant d'agripper la cheville de Viviane, de la rattraper pour l'empêcher de crier.*

Alex, lui, avait fui sans attendre, en s'enfonçant dans les sous-bois. Viviane a continué sur sa lancée. Il te fallait déguerpir. Tu as galopé tout droit devant toi, avec ce type derrière toi. Il sortait d'un repas plantureux, et tu l'as semé sans peine. Alex t'attendait à l'autre bout du village, près de la moto.

Les jours suivants, tu étais très inquiet. Le type t'avait vu, près de la buvette, et dans le pré derrière l'auberge, tu as hésité une fraction de seconde avant de choisir la direction que tu devais prendre... Mais tu n'étais pas de ce village qui était loin de chez toi. Peu à peu, ton inquiétude s'est calmée. Tu es parti en Angleterre la semaine suivante, pour ne revenir qu'à la fin août. Et puis, avec Alex, ce n'était pas la première fois qu'une tuile vous arrivait !

Mygale a cherché longtemps. Il connaissait ton âge approximatif. Ton visage, de façon imprécise... Il n'a pas fait appel à la police. Il te voulait pour lui seul. Il a écumé la région, élargissant peu à peu le cercle des villages alentour, guettant à la sortie des usines, puis des lycées.

Trois mois plus tard, il t'a vu, dans un café, en face du lycée de Meaux. Il t'a suivi, épié, a noté tes habitudes, jusqu'au soir de la fin septembre où il s'est jeté sur toi dans la forêt.

Il ignorait l'existence d'Alex, il ne pouvait savoir...
Voilà pourquoi il est là, devant toi, à bout de souffle, à
ta merci...

*

Richard était abasourdi. Ève, agenouillée, pointait le
colt vers lui ; les bras tendus, son index blêmissait en
serrant la détente. Elle psalmodiait — je vais te tuer —
d'une voix sourde.

— Ève. Je ne savais pas... C'est injuste !

Elle fut ébranlée par ce remords incongru et fléchit
un peu sa garde. Richard guettait ce moment. Il lança
son pied dans les avant-bras de la jeune femme qui
lâcha l'arme en poussant un cri de douleur. Il bondit,
s'empara du colt, se rua dans la pièce où Alex était
enchaîné. Il fit feu, à deux reprises. Alex s'effondra,
touché au cou et au cœur.

Puis Richard revint dans le couloir, se pencha sur
Ève, l'aida à se redresser, s'agenouilla lui-même et lui
tendit le colt.

En titubant, elle se remit totalement debout, inspira
profondément, et, les jambes écartées, visa, appro-
chant l'extrémité du canon de la tempe de Lafargue.

Il la fixait, son regard ne laissait rien filtrer de ses
sentiments, comme s'il avait voulu atteindre la neutra-
lité qui permettrait à Ève de faire abstraction de toute
pitié, comme s'il avait voulu redevenir Mygale,
Mygale et ses yeux froids, impénétrables.

Ève le vit, amoindri, annihilé. Elle laissa tomber le
colt.

156

Elle remonta au rez-de-chaussée, courut dans le parc, stoppa sa course, essoufflée, devant la grille d'entrée. Il faisait beau, des reflets dansaient sur l'eau bleue de la piscine.

Alors, Ève revint sur ses pas, pénétra dans la villa, monta jusqu'à l'étage. Elle entra dans sa chambre, s'assit sur le lit. Le chevalet était là, couvert d'une pièce de tissu. Elle l'arracha, contempla longuement ce tableau ignoble, Richard en travesti, le visage aviné, la peau fripée, Richard en vieille prostituée.

A pas lents, elle redescendit à la cave. Le corps d'Alex était toujours pendu aux chaînes. Une large flaque de sang s'était répandue sur le ciment. Elle souleva la tête d'Alex, soutint un instant le regard de ses yeux morts, puis sortit de la prison.

Richard était encore assis dans le couloir, les bras le long du corps, les jambes raides. Un léger tic secouait sa lèvre supérieure. Elle s'assit près de lui et lui prit la main. Elle laissa sa tête reposer contre son épaule.

A voix basse, elle souffla :

— Viens... il ne faut pas laisser le cadavre ici...

DU MÊME AUTEUR

Composition Euronumérique.
Impression Société Nouvelle Firmin-Didot
à Mesnil-sur-l'Estrée, le 3 mars 2003.
Dépôt légal : mars 2003.
1er dépôt légal dans la collection : juin 1999.
Numéro d'imprimeur : 63046.

ISBN 2-07-040801-9/Imprimé en France.

122892